CW01426260

Le cheval sans tête

Paul Berna

Jean Sabran, qui signe Paul Berna, est né en 1913, à Hyères dans le Var. Cadet d'une famille nombreuse, il lui faut travailler juste après son baccalauréat. Il devient alors comptable, rédacteur, assureur et enfin écrivain pour la jeunesse à partir des années cinquante. Paul Berna est mort en 1994.

PAUL BERNA

Le cheval
sans tête

Illustrations :
Jean-Paul Barthe

1

Le beau jeudi

La bande à Gaby était réunie tout en haut de la rue
des Petits-Pauvres, devant la maison de Fernand
Douin. L'un après l'autre, les dix gosses enfourchaient
le cheval-sans-tête et se laissaient glisser à toute allure
jusqu'au chemin de la Vache Noire, où se terminait la
descente. Là, le cavalier sautait à terre et remontait
vivement la pente en remorquant sa monture, car les
amis attendaient leur tour avec impatience.

Depuis le jour où Marion, la fille aux chiens, avait
renversé le vieux M. Gédéon en traversant la rue
Cécile, on postait le petit Bonbon au carrefour pour
arrêter les passants ou signaler l'approche d'un véhi-
cule. Le cheval dévalait toute la rue des Petits-Pauvres
sur ses trois roues de fer en faisant un bruit terrible.

C'était délicieux. L'appréhension du carrefour et de ses dangers rendait la course plus grisante encore, et il y avait, à la fin de la descente, cette brusque remontée qui prenait le cheval en plein élan et le jetait sur le talus du Clos Pecqueux, devant l'horizon des champs nus et gris.

Pendant deux secondes, le cavalier avait l'impression de s'envoler en plein ciel. S'il négligeait de freiner avec ses talons, il passait d'un trait par-dessus l'encolure pour atterrir brutalement sur les fesses, ce qui ajoutait une petite dose d'imprévu à chaque descente. Les gosses appelaient ça, « faire une arrivée en vol plané ». À chaque coup, le cheval basculait sur le talus et ses flancs creux sonnaient lugubrement contre les pierres. Il en voyait de dures.

Ce cheval-sans-tête appartenait depuis un an à Fernand. Un chiffonnier du Faubourg-Bacchus l'avait cédé à M. Douin contre trois paquets de tabac gris, et Fernand l'avait trouvé près de ses souliers le matin de Noël. Pendant cinq minutes, il en était resté muet et paralysé de ravissement. Pourtant, sur la mine, le cheval-sans-tête n'avait rien d'affolant. Il était d'abord, il avait toujours été sans tête. La ganache de carton que lui avait fabriquée M. Douin n'avait pas tenu deux jours ; Marion l'avait fait sauter à sa première descente en percutant à quarante à l'heure dans la voiture de M. Mazurier, le marchand de charbon de la rue Cécile. On l'avait laissé dans le ruisseau avec les deux pattes de devant, qui avaient également souffert du choc. Les pattes de derrière avaient été brisées net au cours d'une tentative téméraire dans l'étroit tunnel du chemin du Ponceau. La queue, inutile d'en parler, il n'y en avait jamais eu. Restait le corps, qui était celui d'un cheval gris pommelé au vernis écaillé, avec une petite selle marron peinte sur le dessus. Bien entendu, le chiffonnier avait livré le vieux tricycle sans pédales et sans chaîne ; mais on ne peut pas tout avoir, et, tel qu'il était, ce cheval à trois roues filait comme un zèbre sur le macadam en pente de la rue des Petits-Pauvres.

Les jaloux de la Cité Ferrand prétendaient que ce cheval réduit à la plus simple expression pouvait être aussi bien bourricot ou goret, ou plutôt un goret que n'importe quoi, que les cow-boys de la rue des Petits-Pauvres avaient tort de faire ainsi les malins sur un cochon-sans-tête, qu'ils s'y casseraient la leur un jour ou l'autre et que ce serait bien fait pour eux. Il faut reconnaître que dans les débuts le dressage du cheval-sans-tête avait été assez pénible. Fernand s'était à moitié démoli un genou contre la palissade de l'entrepôt César-Aravant, Marion avait laissé deux dents dans le tunnel du Ponceau. Ça fait mal. Mais le genou s'était guéri en trois jours et les dents avaient repoussé en quinze. Le cheval roulait toujours et roulait bien, comme il est convenable de l'imaginer dans un patelin de banlieue où tous les hommes valides ont pour occupation de faire rouler les trains.

Enfin, c'était grâce au cheval-sans-tête que Fernand avait pu faire entrer son amie la fille aux chiens dans la bande à Gaby, la plus fermée des associations secrètes de Louvigny-Triage. À la suite de pourparlers laborieux, il avait été convenu que la bande se servirait du cheval à raison d'une séance par jour et de deux descentes par tête à chaque séance, ceci en vue de ménager la résistance de l'engin. Même à ce train réduit, on avait prévu que le cheval-sans-tête n'irait pas loin, tout au plus jusqu'à Pâques. Mais il avait tenu le coup malgré des télescopages effrayants, et il vous descendait la rue des Petits-Pauvres à tombeau ouvert. Gaby, qui accomplissait tout le parcours sans freiner, avait abaissé le record à trente-cinq secondes.

La pratique de ce sport exclusif et farouche n'avait fait que resserrer la grande solidarité qui unissait les membres du clan. À dessein, Gaby en avait limité le nombre permanent et n'acceptait personne au-dessus de douze ans, parce que, affirmait-il, « on devient bête comme ses pieds à partir de douze ans. Et heureux encore quand ça ne dure pas toute la vie ! » L'ennuyeux, c'est que Gaby lui-même était menacé par la limite d'âge ; aussi méditait-il en secret de la relever à quatorze ans pour bénéficier d'un petit sursis.

Tatave, le grand frère du petit Bonbon, venait de prendre le départ devant ses camarades goguenards.

« Vu son poids, on ne devrait lui permettre qu'une seule descente, dit Marion à Fernand. Un de ces quatre matins, ton cheval va s'aplatir sous ce gros lard et nous le verrons remonter avec les roues toutes tordues. »

Cinquante mètres plus bas, le petit Bonbon surveillait le fond de la rue Cécile ; il balança les deux bras pour signaler que la voie était libre. Tatave passa devant lui comme un bolide, la tête basse, cramponné au guidon rouillé du cheval-sans-tête.

« Il est gros et lourd, mais il ne fera jamais mieux que Gaby, dit Juan-l'Espagnol en haussant les épaules. Et puis Tatave a la frousse : il commence à freiner vingt mètres avant la Vache Noire... Un jour, il faudrait le lâcher dans la descente avec les deux quilles attachées sous le guidon. »

Plus loin, la rue des Petits-Pauvres décrivait une longue courbe qui dérobait ses lointains aux observateurs. On attendit. Pas longtemps. Un grand fracas de verre brisé monta soudain du fond de la rue, suivi aussitôt par des cris perçants, une bordée de jurons et la sèche détonation d'une paire de claques.

« Et vlan ! Tatave a percuté, gronda Gaby en serrant les mâchoires. Même à califourchon sur un traversin, cet enflé trouverait le moyen de défoncer quelque chose !

— Allons voir, proposa Fernand qui se faisait du souci pour le cheval-sans-tête.

— Zidore et Mélie sont restés en bas, dit Marion. Ils se débrouilleront pour le tirer de là sans nous... »

Gaby regarda machinalement autour de lui : outre la fille aux chiens, Fernand et Juan-l'Espagnol, il y avait là Berthe Gédéon et Criquet Lariqué, le petit négro du Faubourg-Bacchus.

« Descendons toujours jusqu'à la rue Cécile, dit-il. On ne peut pas les laisser seuls ; il y a peut-être du dégât... »

En arrivant au carrefour, ils virent les autres qui débouchaient lentement du virage, sous le triste ciel de décembre. Zidore Loche traînait par le guidon le malheureux cheval-sans-tête qui ne roulait plus que sur deux roues. Tout rouge d'émotion, Tatave marchait à côté de lui en boitant un peu ; il portait la troisième roue, la roue avant. Amélie Babin, l'infirmière de la bande, fermait la marche en riant silencieusement, la bouche fendue jusqu'aux oreilles ; de temps en temps, elle se retournait pour inspecter le fond de la rue des Petits-Pauvres, où quelqu'un s'époumonait d'une voix chevrotante.

« Avec sa manie de freiner au mauvais moment, ça devait forcément lui arriver un jour ! cria Zidore en approchant. Le vieux père Zigon remontait de la Nationale avec sa poussette à bouteilles. Tatave sortait du virage à ce moment-là. Moi, je ne bronche pas : il avait largement le temps de passer. Penses-tu ! voilà mon Tatave qui freine à bloc avec ses deux pattes et rran ! il rentre en plein dans la poussette ! »

Mélie jubilait. Sa figure maigriote était serrée par un fichu noir qui plaquait sa frange blonde bien peignée.

« Tatave a fait un de ces vols planés, il fallait voir ça ! ajouta-t-elle. Il est passé comme un obus par-

dessus les barbelés du Clos. Vrai ! le père Zigon en est resté comme deux ronds de flan...

— Le vieux n'a pas de mal ? demanda Gaby.

— Rien, mais on lui a cassé deux douzaines de bouteilles et il râle terriblement.

— On lui en portera cinq douzaines demain soir, dit Marion. Il y en a tout plein dans un trou, derrière les vieux wagons de l'entrepôt. Personne ne connaît la cache... »

Tatave avait une profonde coupure sous le genou gauche ; le fond de son pantalon était tout plâtré de boue jaune.

« Bon sang de bon sang de bon sang de bon sang ! » répétait Tatave d'un air hébété.

Il tendit piteusement la roue à Fernand, tandis que les autres se pressaient autour de Zidore pour ausculter le cheval-sans-tête.

Fifi, le chien préféré de Marion, flairait d'un nez méfiant la carcasse en carton et son ventre gris balafré de longues cicatrices.

« Ce coup-ci, il m'a l'air bien fichu ! déclara Gaby consterné en se relevant. La fourche est cassée rasibus, les deux bouts sont restés sur la roue... Tu as fait du beau travail, Tatave ! »

Tatave baissa sa grosse tête rouge en reniflant.

L'accablement de la catastrophe les rendit tous muets un instant. Fernand en avait gros sur le cœur. Son cheval ! Il n'y en avait pas deux comme celui-là de Louvigny à Villeneuve-Saint-Georges. Marion leva la main, la posa légèrement sur l'épaule de Fernand.

« Ton père nous l'arrangera peut-être, lui dit-elle à voix basse. Cette fois-ci encore...

— Je ne sais pas, répondit Fernand en secouant la tête. Une fourche cassée, tu te rends compte ? c'est une grosse réparation ! »

Le petit Bonbon remontait de la rue Cécile en pleurant à chaudes larmes.

« C'est toujours pareil ! hurlait-il. On casse le cheval, et moi je fais tintin pour mon second tour... »

Le grand Gaby se pencha avec sollicitude sur le benjamin de la bande.

« Pleure pas, Bonbon ! lui dit-il d'une voix bourrue. La prochaine fois, tu auras trois descentes au lieu de deux.

— Mon œil ! il n'y aura pas de prochaine fois, balbutia Bonbon suffoqué par les sanglots. Le cheval est en deux morceaux... »

Tatave effondré rentrait le cou dans les épaules.

« Quand j'ai vu le vieux Zigon arriver sur la gauche, j'ai freiné sec ! expliqua-t-il avec désespoir. Tout le monde en aurait fait autant.

— Mais oui ! tu as freiné sec et tu es rentré dedans, c'était fatal ! ricana Gaby. Il ne fallait pas freiner, mon pauvre vieux ! »

Tous les gosses se mirent à rigoler, sauf Marion et Fernand. Celui-ci prit la roue d'une main, le guidon de l'autre, et remonta lentement vers la maison des

Douin en remorquant le cheval-sans-tête. Les autres suivirent à distance, les mains dans les poches, en discutant de l'accident.

Hormis les dix gosses et quelques chats qui se glissaient frileusement de porte en porte, il n'y avait personne dans la rue des Petits-Pauvres en cette brumeuse fin d'après-midi. Tous les hommes étaient sur les voies, aux entrepôts, dans les cabines d'aiguillage ou les ateliers. Les femmes faisaient des ménages au Quartier-Neuf ou flânaient à la foire du jeudi, qui se tenait sur la place de la Gare jusqu'à la chute du jour.

Fernand appuya soigneusement le cheval contre le mur du jardinet et se retourna vers ses amis.

« Je vais le laisser là pour le moment, leur dit-il. Comme ça, papa le verra en rentrant. S'il y a moyen de réparer la fourche, il s'y mettra tout de suite...

— Qu'est-ce qu'on fait maintenant ? demanda Zidore aux autres. Il est à peine quatre heures.

— Nous pourrions faire le tour de la foire, proposa Gaby. Moi, je mangerai bien un morceau... »

Ils se tournèrent vers Marion, qui était la trésorière de la bande. Elle fouilla dans les poches de son petit paletot, un vieux veston d'homme raccourci à sa taille. Elle portait là-dessous une jupette grise aussi courte qu'un tutu, d'où jaillissaient ses grandes guiboles, minces et droites comme deux bâtons.

« Nous avons juste de quoi payer une tournée de "polonais", dit-elle en recomptant ses pièces. Et encore, à la condition que Mme Macherel ne réclame pas les vingt francs de la dernière fois...

— On n'a qu'à lui envoyer quelqu'un d'autre, suggéra Gaby. Elle ne connaît pas le négro : il ne traîne jamais dans ce coin-là... Vas-y, Criquet ; tu nous retrouveras devant la Gare. »

Le négro tout content fila par la rue des Alliés en faisant sauter la monnaie dans le creux de sa main.

Avec ses vieux gâteaux, la boulangerie Macherel fabriquait une espèce de pudding affreusement noir et collant qui se débitait alors au prix de dix francs la tranche : les fameux « polonais ». C'était cher, mais cette nourriture très sucrée descendait comme du plomb dans l'estomac et vous l'endormait jusqu'à l'heure du dîner.

La bande à Gaby traversa lentement le square de la Libération, un pan de gazon jauni encadré par des fusains déplumés. Gaby marchait en avant avec Zidore et Juan-l'Espagnol. Puis venaient Tatave, Fernand et le petit Bonbon, qui traînait rageusement les talons en écoutant son grand frère raconter pour la quatrième fois son coup de frein désastreux. Les trois filles marchaient en arrière, sautillant d'un pied sur l'autre, toujours rieuses malgré le froid noir et la mélancolie du jour finissant.

Fifi gambadait d'un groupe à l'autre en quêtant une caresse ou une parole amicale. C'était un petit chien jaunet, au poil ras, avec un corps de levrette, une queue longue et mince comme celle d'un rat. Marion l'avait trouvé comme tous les autres chiens au-delà du quartier des maraîchers, au-delà de Louvigny-Cambrouse, comme on disait à Louvigny-Triage. Il y avait derrière les champs une espèce de jungle qui recouvrait l'emplacement des vieux étangs, où les gens des environs, et même ceux de Paris, venaient abandonner leurs chiens malades, estropiés, moribonds. Marion les recueillait sans s'effaroucher de leurs maux ni de leurs plaies, les retapait à force de soins, avec une habileté de sorcière, et les casait chez les cheminots de la vieille ville. Elle ne les relâchait jamais sans leur avoir fait subir un petit dressage très doux qui les mettait à sa dévotion : Marion avait un coup de sifflet particulier que les éclopés n'oubliaient pas.

Ainsi, la moitié au moins des chiens qui galopaient dans le patelin étaient passés entre les mains de la fillette ; il lui suffisait de traverser le Faubourg-Bacchus pour avoir aussitôt sur les talons une ribambelle de misérables corniauds qui se tortillaient de plaisir à sa vue. Elle n'en hébergeait jamais moins d'une douzaine à la fois, les nourrissant de vieux croûtons et de tous les déchets que les commerçants du voisinage voulaient bien lui donner. Cette meute de cagneux et de pelés était créchée au fond du jardin, dans un assemblage de caisses à savon qui ressemblait vaguement à un clapier. Mme Fabert, la mère de Marion, secouait la tête et levait les yeux au ciel, mais n'osait rien faire pour décourager cet humble apprentissage de la bonté.

On arrivait au coin de la place. Gaby se retourna vers les derniers en clignant de l'œil.

« Roublot est là ! leur cria-t-il. Je l'entends d'ici... »

Ils pressèrent le pas. La petite foire du jeudi couvrait tout le périmètre de la place, empiétant même sur la chaussée de la rue des Alliés et le terre-plein de la Gare. La soirée étant brumeuse, beaucoup de commerçants avaient allumé leurs quinquets à acétylène et ces flaques de lumière blanche ou dorée faisaient planer sur la foule en rumeur un rayonnement de fête foraine. Le souffle puissant des locomotives en manœuvre s'élevait continûment des voies toutes proches ; parfois, le tonnerre d'un rapide qui brûlait la Gare à 90 à l'heure ébranlait toute la ville d'un frémissement sourd.

Les gosses se faufilèrent dans la cohue. Comme d'habitude, Roublot avait dressé son éventaire de camelote à l'autre coin du quadrilatère, sous les lampes roses du Café Parisien. Il s'égosillait pour attirer les chalands, mais personne ne semblait se passionner pour ses moulinettes à légumes. C'était un sale type, avec un lourd visage jaune qui suait d'hypocrisie et de malhonnêteté. Un jour de l'été dernier, il avait accusé Gaby de lui avoir chapardé un allume-gaz, et Gaby s'était fait sérieusement secouer les puces par l'inspecteur Sinet. Gaby n'avait rien volé du tout, il en était incapable, et il n'y avait jamais eu de voleurs dans sa bande. Pour liquider l'affaire, le père de Gaby, M. Joye, un mécanicien du Dépôt qui pesait dans les deux cent vingt livres, était venu montrer publiquement ses deux poings à Roublot, le jeudi suivant. Cela avait suffi. Depuis ce jour, et chaque fois que Roublot installait ses deux tréteaux à Louvigny, Gaby se payait le luxe de venir le narguer avec toute sa bande. D'ailleurs, il était amusant d'entendre bonimenter le camelot, et son élégante silhouette avait quelque chose de louche qui intriguait beaucoup les grands.

Roublot vit soudain les gosses s'approcher de sa table pliante.

« Enfin, voilà mon petit public ! s'écria-t-il d'un ton faussement bonhomme. Voilà les vrais connaisseurs, ceux qui n'achètent rien, mais qui savent apprécier les merveilles de la mécanique ménagère !... Rangez-vous en demi-cercle, les gosses ! Pas trop près, là ! Je vais recommencer pour vous la démonstration de la Moulinette Fransfix, la seule, l'unique moulinette à usages multiples, à la fois presse-purée, râpe à fromage, moulin à légumes, hachoir à viande, broyeur et concasseur. Tout est dans la manière de s'en servir, et le fabricant m'a délégué spécialement pour vous mettre en main ce bijou de précision. Regardez ! je prends cette carotte et je commence... »

Le petit Bonbon et Berthe Gédéon se haussèrent sur la pointe des pieds pour voir la carotte entrer dans l'appareil.

« Il n'en vendra pas, souffla Marion d'une voix moqueuse. Ces outils-là ne servent qu'une fois ; on en retrouve le lendemain dans toutes les poubelles...

— Il ne vend jamais rien, ajouta Gaby, ou si peu !
D'ailleurs, il s'en moque ; on dirait qu'il est là pour
autre chose. »

Fernand étonné se retourna vers Gaby.

« Quelle chose ? demanda-t-il.

— Je ne sais pas, répondit Gaby avec un sourire en
coin. Il y a des tas de gens qui font semblant de vendre
une camelote quelconque, et puis par-derrière ils font
quelque chose de pas très catholique. »

Criquet arriva tout essoufflé, apportant les dix
« polonais » serrés précieusement dans une feuille de
papier de soie. On s'empressa autour de lui. Gaby fit
la distribution. À vue de nez, il donna les deux plus
gros au petit Bonbon et à Criquet, qui avait fait la
course, le plus petit à Tatave pour lui apprendre à casser le cheval. Puis les dix se mirent à mastiquer avec
entrain, les yeux fixés sur les mains voltigeantes de
M. Roublot qui réduisaient en bouillie une carotte
crue, une pomme de terre, un oignon, une pomme,
une orange, un bout de gruyère. Épouvantable
gâchis !

Gaby engouffra sa dernière bouchée, se lécha les
doigts et, tout doucement, appuya son coude sur celui
de Fernand.

« Tu as vu ? » souffla-t-il.

Fernand inclina la tête ; il avait vu. Marion s'était
baissée pour donner un peu de son « polonais » à Fifi ;
en se relevant, elle vit aussitôt ce qui avait frappé les
deux garçons.

Roublot continuait sa démonstration avec brio ; un torrent de stupidités s'écoulait de sa bouche infatigable, ses mains enchaînaient sûrement leurs gestes, dévissaient, revissaient et moulinaient à toute vitesse ; mais il avait l'esprit ailleurs. Sa grosse face jaune s'était orientée légèrement vers la droite, où se dressaient les bâtiments noircis de la Gare, et, tout en discourant, il regardait dans cette direction avec une fixité qui donnait à ses petits yeux noirs une expression tragique.

Gaby s'effaça lentement derrière Tatave et se tourna de ce côté sans avoir l'air de rien. Les deux travées marchandes qui barraient ce coin de la place grouillaient de monde, il était malaisé d'apercevoir du premier coup ce qui mettait Roublot en alerte. Mais le regard de Gaby se posa tout de suite sur la partie déserte de l'esplanade, dont on voyait luire le macadam entre les baraques illuminées. Quelques passants traversaient nonchalamment cette zone obscure, hommes d'équipe revenant du Dépôt, locataires de la Cité-Ferrand, dockers arabes du Petit-Louvigny, et parmi eux un grand gaillard maigre, coiffé d'un chapeau crasseux, sanglé dans un trench-coat vert bouteille, l'inspecteur Sinet.

Gaby put suivre la lente évolution du trench-coat, qui disparaissait et reparaissait entre les baraques à intervalles réguliers. Puis il lui sembla que l'inspecteur pressait un peu le pas, comme pour se maintenir dans le sillage d'un autre promeneur. Gaby avait bon œil ; parmi les silhouettes groupées ou clairsemées qui flânaient sur le terre-plein, il réussit à distinguer cet autre promeneur, un grand type en bleu de chauffe, comme on en voyait des centaines à toute heure du jour et de la nuit dans les ruelles de Louvigny-Triage. L'un suivant l'autre, les deux hommes se détachèrent de l'affluence et se fondirent dans la grisaille du square de la Libération. Gaby ne vit plus rien.

Il se retourna vers Roublot, qui pérorait au milieu de son auditoire. Une bonne femme de Louvigny-Cambrouse et cinq mômes de la Cité-Ferrand s'étaient joints à la bande. Un peu de sueur perlait au front du camelot, sous son chapeau à demi renversé. Marion n'avait pas vu Sinet, pas davantage cet homme en bleu qui rôdait autour du marché ; mais rien n'échappait à son regard perçant.

« Roublot a peur », murmura-t-elle.

Ce sont des petites choses qu'on remarque, comme cela, par hasard, sans y attacher trop d'importance. Dix secondes après, on n'y pense plus, et il faut attendre parfois bien longtemps pour leur trouver une explication valable. Roublot moulinait toujours avec une frénésie qui ressemblait à de la panique.

« Cette moulinette ne vaut pas un clou ! » déclara tout haut le petit Bonbon avec un aplomb renversant.

Le mot fit rire tout le monde et rompit le charme. L'assistance se disloqua ; la bonne femme resta seule en face de Roublot furieux. Gaby entraîna son monde vers les étalages de bonneterie qui occupaient le fond du marché, côté ville.

À mi-chemin, Fernand se retourna machinalement vers les lampes roses du Café Parisien.

« Qu'est-ce que tu regardes ? lui demanda Marion.

— Roublot n'est plus là : il a laissé toute sa camelote en plan ! répondit Fernand stupéfait. Le temps de compter jusqu'à dix, et il a disparu de la circulation. »

En arrivant au coin de la rue des Alliés, Tatave et le

petit Bonbon furent hélés par leur mère, Mme Lou-vrier, qui sortait de la foule avec deux cabas gonflés de légumes. Ils quittèrent la bande à regret.

« Ne t'en fais pas pour le cheval ! » cria Fernand au gros Tatave.

Il se faisait tard. La nuit tombait vite, endeuillant le fond des rues et l'horizon fumeux des voies. Le beau jeudi se mourait déjà.

Bientôt, Criquet Lariqué et Juan-l'Espagnol s'éloi-gnèrent vers le Faubourg-Bacchus ; Berthe Gédéon embrassa ses deux amies et fila d'un pas pressé vers la Cité-Ferrand. Gaby s'en fut à son tour, emmenant Zidore et Mélie. Tous trois habitaient une maison loin-taine de la voie Aubertin, au carrefour de la Nationale. Marion resta seule avec Fernand.

Le garçon leva la tête vers l'horloge de la vieille église de Louvigny, qui s'élevait au fond du square, et dont le clocher pointu dominait la rue des Petits-Pauvres.

« Papa doit être rentré », dit-il à mi-voix.

Marion siffla son chien. Les deux enfants rega-gnèrent la rue des Petits-Pauvres, la main dans la main, en prenant le raccourci du square. Tout de suite après avoir tourné le coin de la rue, Fernand aperçut devant sa porte quelque chose de sombre qui barrait toute la largeur du trottoir. Ils approchèrent en écarquillant les yeux. C'était le cheval-sans-tête.

« Tu aurais mieux fait de le rentrer ! » dit Marion.

Fernand releva délicatement son malheureux cheval, le remit d'aplomb sur ses roues arrière.

« Quelqu'un a dû le faire tomber en passant, dit-il d'une voix peinée. C'est idiot ! Je l'avais pourtant rangé le long du mur ; il ne gênait personne. On le connaît, mon cheval !

— Il y a des gens qui démolissent pour le plaisir, dit Marion. Regarde s'il n'a rien de cassé... »

Fernand fit tourner les deux roues, pesa d'une main sur la selle. Le cheval tint bon.

« Ça va ! dit-il avec satisfaction. Si Papa arrive à réparer la fourche, nous recommencerons peut-être samedi ou dimanche. Papa ne nous laissera pas tomber, tu sais. »

En relevant la tête, il vit soudain une ombre massive qui sortait furtivement du square. À la lumière jaunâtre du réverbère, Fernand reconnut Roublot. Le camelot portait son chapeau enfoncé sur les yeux ; son pardessus déboutonné flottait autour de lui. Il s'arrêta net et parut tout décontenancé en apercevant les deux enfants.

« Qu'est-ce que vous voulez ? lui demanda Fernand d'une voix haineuse. Ici, nous sommes chez nous, dans notre rue... »

Roublot ne répondit pas. Il avança encore et descendit sur la chaussée en faisant un crochet, comme pour coincer les gosses contre le mur. Voyant cela, Marion s'enfonça deux doigts dans la bouche et

poussa un coup de sifflet suraigu qui résonna longuement dans le désert du quartier.

Du fond de la rue, Roublot terrifié vit surgir comme par magie trois énormes chiens hirsutes, d'une laideur repoussante, qui galopaient à longues battues, sans aboyer. Il y avait quelque chose d'hallucinant dans l'apparition de ces bêtes silencieuses et rapides. Roublot fit demi-tour et se carapata vers le square à toutes jambes. Marion éclata de rire.

Les trois chiens passèrent devant elle, le danois César, le braque Hugo et le berger Fritz, les trois plus sales bêtes du quartier, ex-pensionnaires de l'hospice vétérinaire de la rue des Petits-Pauvres. Elle fit claquer sa langue. Ils abandonnèrent aussitôt la poursuite et vinrent se ranger « à sa botte », comme des chiens bien dressés, en se fouettant les flancs à grands coups de queue. Fernand se tenait les côtes.

« Ce n'est rien, lui dit Marion. Quand je siffle en traversant le Faubourg-Bacchus, j'en ai tout de suite cinq douzaines dans mes jupes. Les chiens n'oublient pas... »

Elle caressa les trois molosses. Ils firent mille amitiés à Fifi, levèrent la patte contre la maison de M. Douin et, sans insister, regagnèrent leurs trous respectifs, quelque part au fond de la rue Cécile.

« Veux-tu que je reste encore un peu ? demanda Marion, Maman m'attend, mais cinq minutes de plus ou de moins...

— Pas la peine, dit Fernand en regardant vers la gare. Papa ne va pas tarder.

— Et si l'autre revenait ?

— Penses-tu ! C'est un gros froussard...

— Je me demande ce qu'il nous voulait, murmura Marion avec un soupçon d'inquiétude dans la voix.

— Il y a comme ça des gens qui vous tombent dessus pour un oui ou pour un non, dit Fernand. Roublot n'a peut-être pas digéré la sortie du petit Bonbon... Va, Marion ! ne t'attarde pas. »

Marion embrassa son camarade sur la joue et descendit à grandes enjambées, Fifi trottinant devant elle. Arrivée au coin de la rue Cécile, elle se retourna vers Fernand, la main levée, et lui adressa un dernier bonsoir. Pour Fernand, le beau jeudi ne mourait vraiment qu'avec cet adieu fugitif.

M. Douin revenant de la gare trouva son garçon rencogné dans l'embrasure de la grille, le bras passé sur l'encolure du cheval-sans-tête.

« Maman prépare un dîner chez des gens du Quartier-Neuf, dit Fernand à son père. Elle ne rentrera qu'à huit heures...

— Il fallait m'attendre chez les voisins au lieu de te geler les fesses à la porte, bougonna M. Douin. Entre... »

Fernand passa devant son père, traînant le cheval sur ses deux roues.

« Qu'est-ce que vous avez fabriqué de beau cet après-midi ? demanda M. Douin.

— On a cassé le cheval, balbutia le petit en baissant la tête. La roue avant a fichu le camp...

— Encore ! soupira M. Douin, sans irritation.

— Cette fois-ci, je crois que c'est sérieux. »

M. Douin donna de la lumière dans la cuisine et posa sa musette sur la table. C'était un homme doux et bon, au regard un peu triste, avec une longue moustache grisonnante qui lui barrait tout le bas du visage.

« Voyons un peu ! » dit-il en se laissant tomber sur une chaise.

L'enfant poussa le cheval, le fit entrer à reculons dans la cuisine. Les deux roues valides, jamais graissées, tournaient en grinçant d'une façon abominable. M. Douin empoigna le guidon par son axe et se pencha pour évaluer les dégâts.

« Diable ! la fourche est cassée », fit-il en sursautant.

Fernand écarta les bras et les laissa retomber avec accablement. M. Douin soupira encore ; il cala le guidon sur ses genoux, regarda de tout près la fourche brisée, palpa les deux branches d'une main savante, en bon bricoleur qu'il était.

« Moi, je ne peux rien faire, dit-il enfin. Une simple soudure ne tiendrait pas, et c'est pour le coup que vous vous casseriez la margoulette ! »

Fernand désespéré se mit à pleurer sans bruit. Les larmes glissaient le long de ses joues, étoilaient le carrelage luisant de la cuisine. M. Douin vit tout cela du coin de l'œil ; plus doucement encore, il reposa le guidon sur le bord de la table.

« Ne pleure pas, vieux gamin ! dit-il d'une voix enrouée. Écoute ! je passerai demain matin aux ateliers de la Traction avant de prendre mon service à la cabine. M. Rossi me forgera une fourche neuve à temps perdu, ce n'est rien pour lui... L'embêtant, c'est qu'on ne peut pas démonter la vieille ; il faudra la scier là-bas, et tous les copains vont se payer ma tête en me voyant arriver avec ce vieux canasson sous le bras.

— On pourrait démonter les deux roues, suggéra Fernand en souriant à travers ses larmes. Ça te fera toujours ça de moins à porter. Comme le cheval n'a plus de tête, sans roues il ne ressemblera à rien. On ne se moquera pas de toi... »

M. Douin alla chercher sa caissette à outils, et tous deux se mirent à taper comme des sourds sur le cheval-sans-tête.

La frêle et blonde Mme Douin rentra vers huit heures et demie, harassée mais toujours contente. Elle rit en voyant le père et le fils assis par terre devant le cheval renversé.

« Je sais, murmura-t-elle. La maman de Zidore m'a tout raconté au passage : il paraît que le Tatave en a vu trente-six chandelles ! Un de ces jours, je vous le dis, vous vous casserez la tête...

— Laisse donc ! répondit M. Douin. Il faut bien que ces petits s'amusent. Si l'on ne s'amusait pas à cet âge, on ne s'amuserait jamais. Passé douze ans, c'est trop tard. »

Fernand se leva pour aider sa mère. M. Douin détacha les deux roues, poussa le cadavre dans le vestibule. Puis il se lava soigneusement les mains sur l'évier. Sa femme tourna légèrement la tête en l'entendant siffloter.

« Tu t'amusais, toi, il y a trente ans, dans cette baraque du Faubourg-Bacchus ? lui dit-elle en riant.

— Que non ! fit M. Douin, mais ce n'est pas une raison... »

2

Adieu, le cheval !

Marion logeait avec sa mère tout au bout de la rue des Petits-Pauvres, dans une maison d'angle très délabrée qui s'ouvrait sur le chemin de la Vache Noire. On n'avait jamais su exactement d'où cette voie semi-campagnarde tirait son nom. D'après Marion, qui l'avait sous les yeux matin et soir, la Vache Noire ne pouvait être que cette locomotive abandonnée qui se rouillait depuis trente ans sur une ancienne voie de garage, au milieu du Clos Pecqueux. On avait enlevé successivement tous les rails ; il n'en restait qu'une portée à demi enterrée dans la glaise pour soutenir l'antique machine, qui dominait fièrement ces mornes dépendances ferroviaires. Brun-rouge au grand soleil d'été, aussi insolite dans la prairie qu'un hippopotame dans

33

un champ de pâquerettes, la Vache Noire ne devenait réellement noire que sous la pluie ; sa silhouette funèbre s'érigeait alors d'une façon menaçante contre l'horizon blafard. La nuit, pendant les tempêtes d'automne et d'hiver, le vent d'ouest tirait de sa vieille chaudière crevée des meuglements plaintifs qui faisaient hurler à la mort les douze pensionnaires de la petite Marion.

Le lendemain soir, après l'école, Gaby emmena les plus costauds de la bande jusqu'aux terrains vagues de l'entrepôt César-Aravant. Il y avait là de vieux wagons en bois démantelés, des tas de ferraille pourrie par la rouille, des traverses à demi calcinées, des rails tordus, un vrai dépotoir ! Marion connaissait le coin ; elle guida ses amis vers le gisement des bouteilles vides, qui s'étendait le long du dernier wagon. Les bouteilles étaient rangées sur trois rangs, presque soudées les unes aux autres, dans une fosse que la terre meuble et l'herbe envahissante avaient fini par combler.

En faisant la chaîne, ils eurent vite entassé une cinquantaine de bouteilles dans la voiture d'enfant prêtée par Berthe Gédéon. Ceci fait, Gaby prit le chemin du Faubourg-Bacchus avec Zidore et Fernand, tous trois se relayant pour trimbaler la poussette. Tatave, boiteux et faiblard, s'était esquivé avec les filles.

Le père Zigon tomba des nues en voyant pénétrer les trois gosses et leur chargement dans sa cabane en planches. Il ne se rappelait déjà plus rien. Son palace à bouteilles ne contenait pas que des litres vides, et il avait dû pinter sérieusement dans l'intervalle.

Les trois gosses revinrent en faisant un détour par la gare pour agrémenter la promenade.

« Le cheval ne vaut pas grand-chose, remarqua Gaby d'une voix mélancolique. Ce n'est qu'une vilaine carcasse en carton, trois roues et quelques tringles. Pourtant, on se sent tout démuni depuis hier... Tu crois que ton père tiendra sa promesse ?

— En tout cas, il est parti ce matin avec le cheval, répondit Fernand. M. Rossi le retapera certainement, il est outillé pour ça. Nous n'avons plus qu'à attendre, mais il ne faut pas trop compter dessus pour dimanche.

— Qu'est-ce qu'on va faire ? gémit Zidore effondré.

— L'Eden passe un grand film de cow-boys en couleurs, annonça Fernand. Mélie a vu les photos en allant à l'école... Sensationnel !

— Une tournée de ciné coûte vraiment trop cher ! soupira Gaby. Juan et le négro n'ont jamais un sou ; ce n'est pas leur faute, mais il faut bien payer pour eux... Et puis, la caisse est vide.

— Marion arrangera ça », dit Fernand.

Il y avait beaucoup de monde au Café Parisien. En passant, Gaby jeta un coup d'œil à travers les glaces.

« Ce n'est pas souvent qu'on voit Roublot traîner par ici en dehors de la foire du jeudi, dit-il soudain à ses amis. Venez voir... »

Le camelot était assis dans le fond de la salle, devant deux malabars en canadienne fourrée qui lui parlaient de tout près, le buste penché par-dessus la table. Leurs chapeaux se touchaient presque ; ils devaient se raconter quelque chose de passionnant.

Fernand se retourna en entendant claquer derrière lui le pas d'un promeneur pressé. Le trench-coat vert bouteille de l'inspecteur Sinet entra brusquement dans la lumière ardente du café. Zidore et Gaby se poussèrent du coude : Sinet portait sur la pommette gauche une bande de sparadrap rose vif qui tranchait drôlement sur son teint terreux. Il ne vit pas les gosses et ne s'intéressa pas davantage aux consommateurs du Café Parisien. Sa silhouette s'éclipsa rapidement dans l'ombre.

« Il a ramassé un fameux marron, ricana Gaby. Et ce n'est pas vieux...

— Il avait l'air tout content de lui, remarqua Zidore avec étonnement.

— Tu te rappelles, hier soir ? ajouta Gaby. Il suivait un type entre la gare et le square de la Libération. Il s'est passé quelque chose là-bas... Mais quoi ? »

M. Douin rentra vers huit heures, les mains vides. Fernand n'attendait rien, mais il regarda son père avec de grands yeux, sans oser souffler mot. Le brave homme secoua la tête.

« Je n'ai pas revu M. Rossi en partant, dit-il avec un air de s'excuser. Il nous fait la réparation pour rien, et

je ne peux tout de même pas lui demander d'aller plus vite... »

Il plut à torrents toute la journée du samedi. Après l'école, Fernand quitta les autres et regagna directement la rue des Petits-Pauvres, car on ne pouvait rien faire d'intéressant par ce temps de chien.

Marion n'était pas avec lui ; elle courait encore de rue en rue sous son ciré ruisselant, pour réunir les cinq cents francs que le cinéma du dimanche dévorait à la bande. Tout le monde ayant raclé ses poches, elle en avait récolté deux cent cinquante au départ et s'était juré de trouver le reste avant la nuit.

Personne ne croyait au miracle : il n'y aurait pas plus de cheval que de cinéma.

« Pourquoi ne vendrait-on pas la cache aux bouteilles ? avait suggéré Tatave. Le père Zigon ne demanderait pas mieux que d'enlever tout le lot...

— Il y a des choses qu'on ne peut pas vendre, avait répliqué Marion d'un air mauvais. Ces bouteilles appartiennent à tout le monde. Si j'ai mis le nez dessus, cela ne veut pas dire qu'on peut en disposer n'importe comment. À quoi ça ressemblerait-il de bazarder au vieux toutes les bouteilles ! Nous sommes des petits pauvres, je veux bien, mais pas des enfants de margoulins... »

À six heures tapant, elle passa chez les Douin. Fernand gardait la maison ; sa mère venait de sortir et il s'ennuyait à pleurer.

« J'ai les cinq cents francs, et même un peu plus, lui

38

annonça Marion avec un sourire tranquille. J'espère que les autres seront contents ; mais le ciné ne vaut pas le cheval...

— Comment as-tu fait ? demanda Fernand avec curiosité.

— Une vieille dame du Quartier-Neuf a complété la somme. Le vétérinaire de Louvigny-Cambrouse lui avait empoisonné son pékinois en le bourrant de médicaments ; moi, je le lui ai retapé en deux jours avec une tisane d'herbes. D'habitude, je n'accepte jamais rien pour les chiens, ça pourrait me gâter la main ; mais cette fois-ci j'ai fait une exception à cause du cheval : on ne peut pas passer tout un dimanche à se regarder dans les yeux, pas vrai ? »

Elle était là depuis cinq minutes, lorsqu'une clef tourna dans la serrure. M. Douin poussa brusquement la porte.

« Je l'ai, dit-il en clignant de l'œil. Venez m'aider à le rentrer... »

Il ne pleuvait plus. La chaussée mouillée de frais luisait comme une eau calme sous la lumière jaunâtre des réverbères. La rue des Petits-Pauvres n'était jamais plus animée que le samedi soir. Les cheminots descendaient de la gare par petits groupes ; il y avait beaucoup de fenêtres allumées, beaucoup de portes ouvertes, et le petit bistrot rouge de l'Auvergnat, qui faisait le coin de la rue des Alliés, ne désemplissait pas jusqu'à dix heures.

Le cheval-sans-tête était dressé sur ses trois roues

dans l'allée en ciment du jardinet ; un sac à charbon recouvrait son corps mutilé.

« M. Rossi lui-même a remonté les roues, graissé les moyeux et redressé les rayons tordus, déclara M. Douin. Du beau travail ! Il faudra le remercier... »

À eux trois, ils poussèrent le tricycle dans la cuisine pour l'admirer à la lumière. Fernand retira le sac, caressa du bout des doigts la fourche neuve, que M. Rossi avait badigeonnée d'une couche de vert wagon.

« Tu peux y aller ! s'écria M. Douin. C'est du solide... »

Marion saisit un chiffon, essuya le corps gris et blanc maculé de poussier, tandis que Fernand soulevait les roues l'une après l'autre pour vérifier leur roulement. M. Douin les regarda faire en se frottant nerveusement les mains.

« Il m'est arrivé une drôle d'histoire au coin de l'esplanade, commença-t-il. Un type qui sortait du Café Parisien m'attrape sans façon par le bras et me demande ce que je traîne là. Je soulève le sac, je lui montre le cheval. "Je t'en offre cinq mille francs", qu'il me dit. J'ai cru qu'il voulait plaisanter ; mais non, c'était sérieux. Il m'a suivi jusqu'au square en montant ses prix. Au tournant de la rue, il poussait à dix mille... Je ne savais plus comment me dépêtrer de cet animal. »

Les deux enfants levèrent la tête.

« Qui était-ce ? demanda Fernand. Peut-être Roublot...

— Non, je ne le connais pas : un gros pépère pas
trop mal habillé, avec une barbe de trois jours, et il
n'avait pas l'air de rire. Tout de même, dix mille francs
pour ce vieux coucou, c'est de la folie ! »

Marion et Fernand se regardèrent sans mot dire, un
peu troublés. L'enchantement de la surprise venait de
s'évanouir d'un seul coup autour d'eux. Le cheval était
là, de nouveau, mais l'histoire de M. Douin gâchait
tout. Celui-ci remarqua le visage égaré de son fils et se
méprit sur son expression.

« Allons, bon ! grommela-t-il, je n'aurais jamais dû
te raconter ça : tu vas maintenant te faire des idées.
Mon garçon, il faut bien te mettre dans la tête que ton
cheval ne vaut pas ça. Il ne vaut rien !... Rien !

— Le cheval est à moi, répondit Fernand d'un air
rageur. Je ne le vendrais pas pour dix mille francs, ni
même pour le double. Il peut toujours me courir
après, ton bonhomme ! »

Bien entendu, c'est Fernand qui fit la première descente, à vive allure, pour éprouver la résistance de la
fourche neuve.

« Elle ne cassera pas de sitôt, dit-il avec satisfaction
en remontant du chemin de la Vache Noire. Le cheval n'a jamais mieux roulé... »

Le temps s'était remis au sec, avec des fusées de

soleil qui perçaient parfois le ciel brumeux. Vite, on organisa un tour de départ et la séance commença dans l'allégresse. Gaby prit de gros risques malgré son costume des dimanches et fit tomber son propre record deux fois de suite. Bonbon eut ses trois descentes. Les filles se lançaient dans la pente comme des enragées, leurs cheveux fous rebroussés par le vent de la course. Des figures furibondes ou hilares se penchaient aux fenêtres, tout le long de la rue des Petits-Pauvres. Des passants serrés de trop près regagnaient d'un bond l'étroit trottoir. Des volées d'injures ou d'encouragements s'abattaient sur le conducteur du bolide.

« Fonce ! » criaient les gosses étagés dans la descente.

Et Tatave fonçait avec son genou bandé, les talons ricochant sur le macadam pour modérer la fougue du cheval-sans-tête. Et Marion fonçait en riant de toutes ses dents ; son fichu noir dénoué « mouchait » au passage les naseaux du percheron gris des Glacières Modernes qui s'engageait au carrefour de la rue Cécile. Le voiturier hurlait du haut de son tombereau blanc. Le cheval-sans-tête semblait se cabrer en arrivant dans la remontée ; il décollait parfois des trois roues à la fois et déchargeait sans douceur son cavalier sur le talus boueux du chemin.

Sur le tard, les promeneurs du dimanche affluaient dans la rue des Petits-Pauvres, revenant des cafés, du cinéma ou du terrain de football de Louvigny-

Cambrouse. Fernand le premier remarqua les étrangers, deux types à grosse tête dont l'allure détonnait parmi les indigènes du patelin. Ils étaient déjà descendus plusieurs fois jusqu'au chemin de la Vache Noire par le trottoir de gauche, sans paraître s'intéresser aux galops foudroyants du cheval-sans-tête. Tous deux riaient en discutant d'une manière animée, et personne n'avait prêté attention à ces deux passants qui n'avaient de remarquable que leurs luxueuses canadiennes fourrées de lapin gris. En terminant sa dernière descente, Fernand les vit postés sur le trottoir de droite, devant le grillage du jardin de Marion. La moitié de la bande s'était regroupée en bas pour applaudir les arrivées, et les deux hommes immobiles contemplaient la scène avec des figures hargneuses, sans mot dire.

« Fini pour ce soir ! » dit Fernand dégrisé en mettant pied à terre.

Marion aussi avait vu les deux hommes ; elle alerta les grands d'un signe de tête, et Gaby fit taire les protestations. Les dix gosses remontèrent ensemble jusqu'à la maison des Douin, serrés autour de Fernand qui poussait le cheval-sans-tête. Aidé de Marion et de Gaby, il le remisa dans la cuisine, sous le regard débonnaire de M. Douin qui se prélassait en pantoufles devant le fourneau.

« Comment a-t-il marché ? demanda-t-il à Fernand avec bonhomie.

— Il ne roulerait pas mieux s'il était neuf », répondit le garçon.

Puis, après un silence :

« L'ennuyeux, c'est qu'il y a des gens qui nous tournent autour depuis un bon bout de temps. Je n'aime pas ça... »

M. Douin lâcha sa pipe.

« Quels gens ?

— Viens voir », dit Fernand en tirant doucement la porte de quelques centimètres.

M. Douin s'approcha de l'embrasure, jeta un coup d'œil sur la chaussée assombrie. La rue des Petits-Pauvres s'était vidée entre-temps. Il y avait bien quelques allées et venues devant le bistrot de l'Auvergnat, mais le reste du quartier retournait au désert. Les deux hommes en canadienne remontaient lentement sur le trottoir d'en face. Ils passèrent devant la maison sans tourner la tête. M. Douin referma lentement la porte.

« Dix mille balles pour un cheval-sans-tête ! grommela-t-il en regagnant sa chaise. Qu'est-ce que c'est encore que cette combine ? Il y a des gens qui ont de ces lubies...

— As-tu reconnu celui d'hier soir ? demanda Fernand.

— Je ne sais pas ; c'est peut-être le plus grand des deux, mais je n'en suis pas sûr. Il fait déjà trop sombre pour y voir clair. En tout cas, si quelqu'un vous embête, n'hésitez pas à le dire. Toi, Gaby, tu préviendras ton père... Il ne faut pas vous laisser faire par ces salauds.

— Ils peuvent se frotter à nous », dit Marion en riant.

Les inconnus attendirent le mardi suivant pour prendre contact avec la bande. Il n'était pas loin de cinq heures, mais le ciel était découvert du côté de l'ouest et le couchant empourprait magnifiquement la voûte nuageuse, qui réfléchissait un jour tendre et rose dans la rue des Petits-Pauvres.

La moitié de la bande était restée avec le grand Gaby devant la maison des Douin, les autres attendaient sur le chemin de la Vache Noire, hurlant d'excitation chaque fois que le cheval débouchait du virage. Le petit Bonbon, comme à son habitude, faisait le flic au coin de la rue Cécile. Zidore venait de prendre son deuxième départ ; on l'avait vu traverser le carrefour à toute allure en poussant des cris de porc égorgé. Trois minutes passèrent, mais la rue resta vide. Zidore ne remontait pas.

« Qu'est-ce qu'il fabrique donc ? » grogna Juan-l'Espagnol, qui attendait son tour avec impatience.

Depuis deux jours, on était tranquille, et Gaby ne pensait même plus aux histoires de M. Douin. Il se réveilla soudain :

« Venez ! cria-t-il aux autres. Vite... »

Ils descendirent en courant jusqu'au fond de la rue.

Fernand, Zidore et les trois filles discutaient âprement avec les deux types en canadienne. L'un de ceux-ci avait empoigné le guidon du cheval-sans-tête, et il essayait de l'attirer à lui par grandes secousses ; mais Berthe et Marion se cramponnaient solidement à la roue droite, Zidore et Fernand à la roue gauche, Mélie aux moignons des pattes arrière, et tous les cinq braillaient à tue-tête, soutenus par les douze chiens de Marion qui se pressaient en aboyant derrière le grillage du jardin. L'homme lâcha prise en voyant surgir du renfort.

« Ils veulent nous acheter le cheval ! cria Fernand à Gaby. Nous, on ne veut pas le vendre...

— Dix mille balles ! s'écria le plus grand des deux. Ce n'est pas rien : pour ce prix vous aurez un cheval neuf, avec les pédales, la tête et tout !

— Des clous ! riposta Gaby d'une voix mauvaise. Il y a des années qu'on n'en fait plus comme celui-là. Ce cheval est à Fernand ; nous n'avons que cela pour nous amuser, nous autres ! Il n'a pas de prix...

— Tu l'entends, Pépé ? ricana l'homme en se retournant vers son compagnon. Ils ont la tête dure... »

L'autre déboutonna lentement sa canadienne, sortit un gros portefeuille.

« Assez de salades ! dit-il d'une voix menaçante. Voilà l'argent ! prenez-le et fichez le camp : il nous faut ce cheval !

— Vous ne l'aurez pas ! » répliqua Gaby d'un ton résolu.

D'une légère poussée, Fernand avait fait reculer furtivement le cheval contre la grille. Les dix gosses s'étaient alignés le long du trottoir pour le défendre, leurs figures blondes ou brunes illuminées par l'horizon flamboyant. Les deux inconnus, sombres, carrés, massifs, se découpaient à contre-jour devant le talus gazonné. Au fond du Clos Pecqueux, la silhouette rouillée de la Vache Noire surveillait cette scène étrange.

« Nous allons te faire comprendre la chose autrement », grogna le nommé Pépé en faisant un pas vers le grand Gaby.

Gaby ne broncha pas. Les autres se serrèrent autour de lui. Marion riait sous cape ; elle portait déjà deux doigts vers sa bouche.

« Vous n'aurez pas le cheval, répéta Gaby avec assurance. Vous ne l'aurez pas davantage en nous tapant dessus. Vous êtes deux gros pépères, mais ça ne me fait pas peur... »

Les petits yeux de cochon de Pépé se mirent à briller.

« Attends, petit ! je vais te mettre mon pied quelque part, marmonna-t-il entre ses dents.

— Je parie bien que non ! gouailla Gaby. Il n'y a que Papa qui se le permette, et encore je lui fais faire le tour du quartier avant de me laisser rejoindre. »

Tous les gosses éclatèrent de rire.

« On y va, Pas-Beau ? fit Pépé en se tournant vers son camarade. Commençons par moucher celui-là... »

Marion siffla. Pépé bondissait déjà vers Gaby, qui s'était ramassé sur ses jarrets. Le voyou reçut dans l'estomac un beau coup de tête qui ne parut pas lui faire de bien ; il se plia en deux et bascula en geignant dans le ruisseau. À son tour, le nommé Pas-Beau tomba sur Gaby à bras raccourcis. C'est à ce moment que surgit le premier chien.

C'était Hugo, le braque. Il dévalait sans bruit le chemin de la Vache Noire ; son corps roux et gris bondissait follement dans l'ombre du talus. Pas-Beau le reçut sur les épaules et se mit à hurler de terreur en gigotant sous les morsures. En se relevant, Pépé se trouva nez à nez avec Fritz et César qui tournaient ventre à terre le coin de la rue. Le danois ouvrait une gueule aussi large qu'un moule à gaufres.

Les trois chiens haletants, leurs gros yeux brillant comme de la braise, commencèrent à dépouiller les truands de leurs canadiennes, qui offraient d'excellentes prises aux morsures. Ils arrachaient la toile à grands coups secs, s'acharnaient sur la ouatine du rembourrage et la doublure en peau de lapin. Un vrai régal ! Les deux hommes se roulaient à terre, la tête au creux du bras, ruant pour sauver leurs cuisses et leurs mollets. Les douze pensionnaires de Marion orchestraient bruyamment la curée derrière leur grillage.

« Au secours ! au secours ! » cria Pas-Beau d'une voix éraillée.

Marion n'attendait que cet aveu pour rappeler ses molosses. Ils vinrent se ranger docilement derrière elle. Hugo tenait encore un collet de fourrure entre ses grandes dents. César avait toute une manche en travers de la gueule. Fritz pourléchait ses babines rouges de sang. C'était lui le plus mauvais, un assassin sournois qui guettait des heures entières derrière un mur pour le plaisir d'attaquer un passant solitaire. Les deux hommes se relevèrent en soufflant comme des phoques.

« Ça nous a fait plaisir de vous entendre crier au secours, leur lança Gaby d'une voix suave. Mais ne revenez jamais par ici !

— Mes chiens n'aboient pas, ajouta Marion en clignant ses yeux de chat. Vous aurez beau faire, ils vous tomberont dessus sans prévenir. Quant au cheval, regardez-le bien et dites-lui adieu... »

Courant et boitant, les deux truands descendirent le chemin de la Vache Noire jusqu'au carrefour de la Nationale.

« Ils ne reviendront plus, murmura Zidore en les suivant du regard. Un peu plus, et les chiens leur bouffaient le nez.

— S'ils ont une idée en tête, ils reviendront sûrement », dit Juan-l'Espagnol d'un air entendu.

La remarque du Gitan intrigua Fernand.

« Qu'est-ce qu'il a d'extraordinaire, mon cheval ? s'écria-t-il. Il n'est pas en or massif ; c'est une ruine !

— On ne sait jamais, reprit Juan. Il a peut-être quelque chose de spécial que nous ne voyons pas. Eux, ils l'ont vu... »

Ils examinèrent le cheval avec une curiosité nouvelle, comme si cette pauvre chose venait tout juste de leur tomber entre les mains. Mais le cheval n'avait pas changé dans l'intervalle ; tout le mal qu'on s'était donné pour le défendre ne lui avait pas fait repousser la tête. Sa seule valeur, c'était le plaisir émerveillé que les dix gosses en retiraient chaque jour sans se lasser. Criquet Lariqué caressait doucement le corps gris et dodu avec ses petites mains noires.

« Je n'y comprends rien, déclara Gaby en secouant la tête. Que les petits voyous de la Cité-Ferrand ou du Faubourg-Bacchus nous disputent le cheval, passe encore ! mais ces deux grands types ! »

Le couchant s'était violacé rapidement. L'ombre envahissait la ville comme une eau noire, absorbant tour à tour les maisons basses de Louvigny-Cambrouse, les docks, les ateliers et l'espace brumeux des voies ferrées, que la féerie des signaux multicolores étoilait à perte de vue. Il fit soudain beaucoup plus froid.

« Rentrons », dit la fille aux chiens en frissonnant sous sa veste d'homme.

Ils remontèrent en silence la rue des Petits-Pauvres, serrés tous les dix autour du cheval-sans-tête que Fernand remorquait par le guidon. Instinctivement, chacun d'eux avait posé une main sur la vieille carcasse creuse et l'accompagnait dans ce retour mélancolique. Le cheval était à eux.

Le soir même, fidèle à sa promesse, Fernand raconta toute l'histoire chez lui sans omettre aucun détail. M. Douin ne disait rien ; l'événement semblait l'avoir plongé dans la stupeur. Au bout d'un moment, il se retourna machinalement vers le cheval, garé tout au fond de la cuisine, et qui prenait dans la pénombre un regain de mystère.

« Je me demande, murmura-t-il enfin, s'il ne vaudrait pas mieux en toucher deux mots à quelqu'un du commissariat... »

Il ne le fit pas. On racontait dans le quartier que l'inspecteur Sinet avait fait une prise intéressante, ce qui lui arrivait tous les trente-six du mois dans ce paisible patelin de banlieue. Après cela, allez donc lui parler d'un cheval-sans-tête ! D'ailleurs son intervention ne pouvait qu'envenimer les choses ; Sinet harcèlerait les gosses pour le plaisir de se faire valoir et convoquerait les parents au commissariat, ce qui ne fait jamais bon effet dans le voisinage. Non !

L'affaire tracassait pourtant M. Douin, à tel point

que le lendemain soir, avant de rentrer chez lui, il poussa jusqu'aux sinistres terrains communaux du Faubourg-Bacchus, où s'élevait la kasbah des chiffonniers.

Le vieux Blache triait des nippes au fond de sa baraque, à la lueur d'une lampe à pétrole. Hiver comme été, le pauvre homme portait sur le dos deux pardessus en loques enfilés l'un sur l'autre, un chapeau ecclésiastique de couleur verdâtre enfoncé jusqu'aux oreilles, et sous le nez une curieuse barbe rousse et noire, en forme de hérisson, qu'il arrondissait tous les quinze jours à coups de ciseaux. Malgré sa saleté repoussante, il était brave homme et bien causant. La visite de M. Douin lui fit plaisir ; il tira un canon de rouge du buffet, et les deux hommes s'attablèrent près de la lampe.

« Je viens te voir à propos de ce maudit cheval, commença M. Douin en se grattant la tête avec embarras.

— Le cheval ? fit Blache complètement ahuri.

— Eh bien, oui, le cheval à roulettes... »

Le chiffonnier se renversa sur sa chaise en éclatant de rire :

« Je n'y étais plus, dit-il. Depuis deux jours, je me tâte pour acheter un vrai cheval à des culs-terreux de Louvigny. »

M. Douin n'exposa qu'en partie les ennuis de la bande, pour amener finalement la seule question qu'il lui paraissait intéressant d'éclaircir : d'où venait le cheval ?

« Maintenant que tu m'y fais penser, répondit le chiffonnier, je me rappelle qu'il m'est tombé entre les mains d'une façon bien curieuse. Mais ne te fais pas d'illusion : cela n'a certainement aucun rapport avec l'histoire qui vient d'arriver à ton garçon... Tu connais Zigon, le marchand de bouteilles ? L'an dernier, à la même époque, il m'avait prévenu qu'on enlevait enfin les décombres du Petit-Louvigny, tu sais ? le coin qui a tellement trinqué pendant le bombardement des voies en 44. Il y avait là-bas des tas de saletés dont les démolisseurs ne voulaient pas et chacun pouvait se servir librement, à condition de ne pas se casser le cou au fond des caves à ciel ouvert. Je prends donc ma poussette et je vais voir là-bas. C'était trop tard, les amis avaient déjà raflé le meilleur ; il ne restait pas une loque, pas un bout de fer. En cherchant bien, qu'est-ce que je vois tout à coup sous un monceau de plâtras ? Une petite tête d'animal qui me regardait avec des yeux tout ronds ! J'ai cru d'abord que c'était un chien qui s'était terré là-dessous. Je tire mon crochet, je déplace un peu les blocs, et toc ! la tête roule à mes pieds, une tête de cheval en carton moulé. Elle était sciée net, comme au rasoir. Pour moi, c'est un éclat de bombe qui a dû décapiter ce malheureux bourrin. J'ai déblayé la place très soigneusement et j'ai trouvé le reste de

54

la bête un peu plus loin, noyé dans les gravats. Tu ne le croirais pas, mais cela m'a donné un coup ! "Si je fouille encore là-dedans, que je me disais, je suis fichu de trouver le gosse qui était sur le cheval." Je finissais de dégager les roues, quand deux types s'amènent, les mains dans les poches, sur le petit sentier des ruines. Deux méchants, avec de vilains museaux verts et des yeux pas francs, deux vraies têtes de brochet, quoi !

« — Faut pas te gêner, me dit le plus grand. Fais comme chez toi... Tu remettras la clef sous le paillasson en partant !

« Moi, des gars comme ça ne m'impressionnent pas beaucoup et je lui dis bien poliment d'aller se faire cuire un œuf.

« — Ça peut te paraître bizarre, qu'il me répond sans se fâcher, mais le cheval était à moi dans le temps, quand la maison tenait encore debout.

« Qu'est-ce que tu aurais fait à ma place, Douin ? Je lui ai tout de suite offert de lui rendre le cheval, ce qui l'a bien fait rigoler.

« — Pas la peine ! qu'il me répond. Il ne peut plus me servir à grand-chose. Je roule maintenant sur quatre roues : ça va plus vite.

« Je lui dis alors, en le regardant bien dans les yeux :

« — J'ai connu tous les mômes du Petit-Louvigny, j'ai dû te connaître, toi aussi. Comment t'appelles-tu ?

« La question ne lui a pas fait plaisir. Au camarade non plus, du reste !

« — Occupe-toi de tes oignons, qu'il m'a dit. Prends le cheval et tire-toi de là...

« Ils se sont éloignés tous les deux vers le chemin du Ponceau, mais j'ai eu le temps de remettre un nom sur cette figure de peau-d'hareng, un certain Mallart, dont les parents avaient tenu le bistrot des Sports au Petit-Louvigny. Il avait toujours ses deux tartelettes décollées, son grand tarin aplati qui tirait à gauche ; tu peux croire que l'âge ne l'avait pas embelli, le coquin ! Et je sais ce que je dis : il était recherché dans le Sud-Est pour une vilaine affaire de vol à main armée. Il se croyait sans doute mieux planqué dans son ancien bled, ou peut-être bien qu'il préparait un coup fumant dans les parages. En tout cas, il a eu tort de rôder trop longtemps par ici...

— Pourquoi ? fit M. Douin mal à l'aise.

— Il s'est fait épingler jeudi dernier près de la gare. L'inspecteur Sinet, lui non plus, n'avait pas oublié ce vilain zigoto ! »

M. Douin se passa la main sur la figure ; le vin rouge et l'histoire du vieux Blache lui faisaient tourner la tête. Il en vint à regretter cette démarche qui n'expliquait rien du tout, sinon que les innocents de la bande à Gaby enfourchaient deux fois par jour un cheval de carton-pâte qui avait enchanté les enfances d'un repris de justice. Beau résultat !

« Je t'ai gardé la tête, continua le chiffonnier. Elle doit être quelque part dans ce fourbi...

— Quelle tête ? demanda M. Douin tout éberlué.

— La tête du canasson, parbleu ! J'avais essayé de la recoller tant bien que mal, mais elle ne tenait pas. Elle est à toi tout de même, tu peux l'emporter... Le petit en sera content. »

Blache alla fouiller dans le fond de la baraque et revint avec un objet que M. Douin reconnut aussitôt sans l'avoir jamais vu. Mais oui ! c'était la tête du cheval à trois roues. Elle était toute blanche, un peu roussie sur le côté droit, avec les naseaux roses et bien ouverts, une rangée de dents menaçantes, des yeux fixes au regard furibond, et sur le cou une traînée de crins noirs à moitié mangés par le feu. Le chiffonnier l'enveloppa dans une feuille de journal, puis les deux hommes se séparèrent après avoir trinqué une dernière fois.

« Quelle histoire ! » se disait M. Douin en revenant vers la gare par le chemin du Ponceau. Le passage haletant des locomotives, la fantasmagorie nocturne du Triage, le clignotement pressé des signaux de manœuvre, tout cela lui remit les idées en place. Non, il ne dirait rien à personne et les enfants continueraient à s'amuser follement comme par le passé. Les trouble-fête de la veille ? Des fous, tout simplement !

La fenêtre de la cuisine brillait à l'angle de la rue des Petits-Pauvres. M. Douin poussa la porte et fouilla du regard la pénombre de la pièce. Le cheval n'était pas là. Fernand non plus.

« Le petit n'est pas rentré ? dit-il à sa femme.

— Il est sept heures à peine, répondit Mme Douin sans se détourner de son fourneau. Fernand est peut-être chez Gaby ou chez Marion...

— Et le cheval ? insista M. Douin soudain tout anxieux. Ils le remontent toujours à la tombée de la nuit... Ce n'est pas normal. »

Son affolement gagna Mme Douin.

« Je suis là depuis un quart d'heure, répondit-elle en reposant sa louche. S'il était arrivé quelque chose, les voisins m'auraient déjà prévenue...

— Ne bouge pas d'ici. Je file chez Mme Fabert... »

Il sortit en coup de vent et descendit la rue des Petits-Pauvres à longues enjambées. Tout était noir chez Marion. Les douze chiens hurlèrent en voyant M. Douin s'approcher du grillage, mais rien ne bougea dans la maison. Plus vite encore, il continua par le chemin de la Vache Noire, obliqua sur la gauche en arrivant à la Nationale. La courte voie Aubertin n'était pas éclairée. Un véritable tunnel. Heureusement, un peu de lumière filtrait sous la porte des Joye. En entrant, M. Douin vit son camarade en train de dépouiller nerveusement son bleu de travail. Les enfants n'étaient pas là.

« Je cherche Fernand, balbutia M. Douin.

— Moi, je cherche Gaby, répondit Joye en enfilant son veston de ville. Tu ne connais pas la nouvelle ?

— Quoi ? rugit M. Douin épouvanté.

— On leur a volé le cheval... »

3

L'inspecteur Sinet

Jusqu'à quatre heures, il avait fait aussi beau que la veille, avec des éclaircies bleues et dorées qui donnaient un faux air de printemps aux étendues champêtres du Clos Pecqueux. À la sortie de l'école, le ciel s'était déjà recouvert ; le vent du nord rabattait les fumées de la ville, et Louvigny reprenait insensiblement son visage d'hiver, cette brumeuse atmosphère de banlieue où les dix de la bande à Gaby savouraient mieux l'enchantement d'être ensemble et le jeu du cheval emballé.

Laissant Fernand et Zidore sortir le tricycle, Gaby partagea les autres en deux groupes et leur fit explorer les alentours de la rue des Petits-Pauvres. Tandis que les filles filaient en bas pour reconnaître le chemin de la Vache Noire, les garçons patrouillaient près de la gare, dans les ruelles de la Cité-Ferrand, autour du square de la Libération. Marion d'un côté, Tatave de l'autre, ne virent rien de suspect et revinrent en disant qu'on pouvait commencer.

Zidore fit ses deux tours d'affilée et redescendit à pied pour monter la garde sur la ligne d'arrivée. Puis Gaby lâcha le petit Bonbon dans la descente. Trois minutes après, le benjamin remonta tout essoufflé en poussant le cheval par la croupe.

« Rien à signaler ? lui demanda Gaby.

— Pas un chat ! fit Bonbon. Mais la brume commence à descendre sur les voies ; on ne distingue même plus le chemin du Ponceau.

— Va rejoindre Zidore en bas, lui dit Gaby. Il vaut mieux ne pas le laisser seul ; tu feras la liaison.

— Emmène Fifi avec toi, ajouta Marion ; il ne fait que nous embarrasser ici. Tu lui ouvriras la grille du jardinct... »

L'enfant et le petit chien jaunet s'en furent en trottinant, accompagnés par le rire ami des plus grands.

« Je suis petit, mais j'ai de quoi me défendre ! » cria Bonbon en se retournant d'un air brave.

Et il sortit de dessous son sarrau bleu un énorme revolver à barillet qui devait bien peser ses quatre livres. Gaby s'en émerveilla.

« Il n'est pas en toc, lui assura Tatave avec orgueil. Mais c'est une vieille pétoire qui a dû faire la guerre de 70 : le canon est bouché par la rouille... De loin, ce machin-là peut faire peur.

— De près aussi, fit Gaby. Je ne voudrais pas recevoir sa crosse entre les deux oreilles... »

C'était au tour de Fernand. Il enfourcha le cheval-sans-tête avec ce délicieux frisson de peur qui les serrait tous à la gorge au moment du lâchez-tout. La rue des Petits-Pauvres s'enfonçait tout droit vers le carrefour de la rue Cécile, où s'allumaient déjà les premières boutiques. Le mirage du jour finissant semblait accentuer la pente et grandir les maisons noircies qui l'encadraient. Après, il y avait le redoutable inconnu du virage et ce brusque élargissement de l'horizon qui donnait aux gosses la sensation d'une envolée en plein ciel, au-dessus de cette terre saccagée par le travail des hommes.

Le cheval-sans-tête démarra en grinçant, poussé par Juan et Mélie qui s'arc-boutaient vigoureusement contre sa croupe. Fernand remonta tout de suite les genoux, assura solidement les talons sur le cale-pied de la fourche. Entraîné par la descente, le cheval prit de la vitesse. « Il s'emballe, mais je ne freinerai pas, se dit Fernand en serrant les dents. Tant pis pour le carrefour ! »

La rue Cécile était déserte et le cheval passa comme un boulet. Le nez sur le guidon, le vent de la course lui sifflant aux oreilles, Fernand entrevit au passage le cordonnier Gally qui penchait sa tête chauve au carreau ; le bonhomme riait, la bouche pleine de clous.

Dans le virage, personne. « Ce coup-ci, je bats le record, pensa encore Fernand. Dommage que Zidore n'ait pas pris la montre ! »

Le fond de la rue lui apparut soudain, noyé dans un jour laiteux, puis l'horizon du Clos Pecqueux dominé par le fantôme rouillé de la Vache Noire. Juchés sur le talus, Zidore et le petit Bonbon lui faisaient des signes désespérés. Une voiture devait descendre le chemin creux, mais Fernand ne pouvait pas encore la voir.

Prenant peur, il freina brusquement des deux pieds, ses lourds croquenots ferrés faisant jaillir des gerbes d'étincelles. Ce fut peine perdue, le cheval allait trop vite. Il s'embarqua d'un seul coup dans la courte remontée, rasant le capot d'une camionnette qui surgissait au ralenti du chemin de la Vache Noire. Un coup de guidon désespéré le déporta vers la gauche. La roue avant rebondit sur le talus, le cheval-sans-tête se cabra comme un vrai cheval, tout debout sur ses roues arrière. Fernand désarçonné fit un superbe vol plané par-dessus les barbelés du Clos et retomba à plat ventre dans l'herbe boueuse.

« Va vite chercher Gaby et les autres ! hurlait Zidore au petit Bonbon. Saute ! »

Fernand se releva tout étourdi, les jambes molles. La camionnette avait stoppé vingt mètres plus bas en faisant crier ses freins. Le cheval délesté quittait le talus de lui-même, descendait lentement à reculons en cahotant sur les ornières. La bâche arrière de la

camionnette était relevée, le panneau de fermeture
rabattu. Deux gros hommes étaient assis sur le plateau,
les jambes dans le vide. L'un d'eux se disposait à descendre ; mais le cheval arrivait tout seul, ils n'eurent
qu'à tendre le bras pour l'attraper au vol par le guidon.

Fernand et Zidore arrivèrent à temps pour saisir
une de ses roues et s'y cramponnèrent de toutes leurs
forces en miaulant de colère. La camionnette démar-

rait déjà ; une secousse brutale leur fit lâcher prise et tous deux roulèrent sur la chaussée. Fernand fut le premier à se relever ; il courut comme un fou derrière la voiture qui s'éloignait à toute vitesse vers la Nationale.

« Voleurs ! criait-il d'une voix sanglotante. Sales voleurs ! »

Un gros caillou le fit trébucher ; il s'étala lourdement de tout son long, puis se souleva sur un coude, la tête tournée vers la camionnette qui plongeait dans la brume du chemin. Elle vira brusquement à gauche et s'effaça derrière les arbres de la Nationale. Adieu, le cheval !

Zidore compatissant prit son camarade par les épaules et l'aida à se remettre debout. Les joues livides de Fernand ruisselaient de larmes.

« Pleure pas, va ! lui dit Zidore tout ému. Ils ne l'emporteront pas en paradis... »

Le renfort descendait à grand bruit la rue des Petits-Pauvres. Toute la bande surgit bientôt du virage, garçons et filles échevelés, galopant coude à coude, les yeux hagards. Gaby, Tatave et Juan-l'Espagnol brandissaient de longues planches détachées d'une palissade.

« Ils ne vous ont pas attendus ! leur lança Zidore en montrant le chemin désert. Ils étaient quatre, deux à l'avant, sur la banquette, les deux autres à l'arrière, sous la bâche... La bagnole devait être planquée sous le tunnel du Ponceau, et probablement que l'un d'eux faisait le guet en haut du chemin. Ils ont laissé descendre le cheval trois fois de suite sans se montrer, pour se régler sur nous, les malins ! Fernand n'était pas encore sorti du virage que la voiture arrivait à mi-côte. De loin, je n'ai reconnu ni Pépé ni Pas-Beau derrière le pare-brise, je ne pouvais pas prévoir ce qui allait se passer. Après, il était trop tard. Fernand s'était ratatiné sur l'herbe du Clos et le cheval se débinait tout seul dans la descente. Ils l'ont cueilli avec le petit doigt...

— Tu n'as pas de mal ? demanda Marion à Fernand.

— Rien ! dit-il en refoulant ses sanglots.

— Tout cela est de ma faute, gronda Gaby. C'est ici, en bas, que nous aurions dû nous grouper, chacun remontant le cheval pour son compte.

— Cela revenait au même, fit Zidore. Ils l'auraient coincé aussi facilement devant la maison des Douin.

— Par où sont-ils partis ?

— Par là ! » répondit Fernand en montrant le chemin de la Vache Noire qui s'emplissait de brouillard.

Un long moment, les dix regardèrent dans cette direction, sans mot dire, les poings serrés, envahis par un sentiment de misère que la tristesse du soir rendait plus poignante encore.

Fernand sanglotait toujours, par petits coups. Des larmes de rage.

« Ces sales types nous ont arraché le cheval des mains, un cheval de rien du tout ! Ce n'était pas beau à voir. J'en ai reconnu un, la grande brute de l'autre soir...

— Pas-Beau ! précisa Zidore. Et il riait !

— Ils ont eu tort de s'attaquer à nous de cette façon-là, déclara doucement la fille aux chiens en pesant ses mots. Ça pourrait leur coûter cher...

— Le cheval peut valoir un million ou un sou, je m'en moque ! s'écria Gaby. Cela ne change rien à l'affaire : le cheval était à Fernand, il était à nous tous, et ils nous l'ont volé !

— Nous les retrouverons peut-être un jour, on ne sait jamais ! reprit Marion de sa voix chantante. Et ce jour-là – écoutez-moi bien ! je m'arrangerai pour les faire crier au secours beaucoup plus longtemps que la dernière fois.

— Qu'est-ce qu'on va faire ? demanda Berthe Gédéon, un peu angoissée.

— Nous allons porter plainte, décida Fernand d'un ton énergique. Tout de suite !

— Doucement ! protesta Zidore. Cela risque de nous attirer des tas d'histoires ; on va nous poser des questions à n'en plus finir...

— Et après ? dit Gaby. Nous n'avons rien fait de mal. On nous a volé le cheval, et il s'agit de retrouver les sales types qui ont fait le coup. La police est payée pour ça, pas vrai ? »

Zidore haussa les épaules.

« Je les connais, les flics ! Faiseurs d'embarras et feignants comme des limaces... Non, la police ne fera rien.

— Qu'est-ce que tu en sais ? Même si elle ne fait rien, notre plainte sera régulièrement enregistrée.

— Qui veut venir avec moi ? demanda Fernand.

— Nous irons tous ensemble, décida Gaby. Seul, tu ne t'en tirerais pas, les flics te riraient au nez. En nous voyant arriver tous les dix, le commissaire sera impressionné, il ne refusera pas de nous recevoir... Les voleurs du cheval ne sont pas des fantômes, nous les avons vus : ils ont une figure comme tout le monde, et elle n'est pas belle ! Il faut qu'on les rattrape... »

Ils remontèrent jusqu'au carrefour en discutant d'une voix sourde et tournèrent par la rue Cécile. Le commissariat central de Louvigny-Triage occupait le rez-de-chaussée d'un immeuble neuf, au coin de la Grand-Rue, à trois minutes de là. Fernand marchait en avant, tenant la main crevassée de Marion serrée dans la sienne. Ce n'était pas pour se donner du cran, il n'en manquait pas ; mais il avait besoin de garder sa rage intacte jusqu'au bout pour dire et faire ce qu'il fallait.

« Ce n'est qu'un autre jeu, disait la fille aux chiens en lui souriant de ses yeux gris. Et il ne fait que commencer... »

À mi-chemin, ils croisèrent l'abbé Brissard, le curé de Louvigny, qui s'étonna beaucoup de cette procession.

« Où allez-vous ? » leur demanda-t-il.

Gaby lui raconta tout. Le bon prêtre se montra désolé. Il aimait beaucoup les dix diables de la rue des Petits-Pauvres, dont quelques-uns lui servaient régulièrement la messe. Quelques-uns seulement, car on ne pouvait faire confiance à des farceurs comme Zidore et Bonbon. Marion aussi aimait beaucoup le curé Brissard ; elle avait réussi à lui refiler César, l'énorme danois, dont personne n'avait voulu parce qu'il mangeait trop. Depuis qu'il hébergeait ce gros chien, le curé de Louvigny avait beaucoup maigri : César devait manger dans son assiette.

« Ce n'est pas beau de voler ainsi un jouet à des enfants qui n'ont presque rien ! dit tristement le curé Brissard après avoir écouté le récit de Gaby. Pas beau du tout !... Je voudrais bien vous aider, mais la police des rues n'est pas mon affaire. Pourtant, ne vous découragez pas ! Vous êtes beaucoup plus forts que ces mauvais hommes et vous avez le nombre pour vous. Toute leur méchanceté ne peut effaroucher onze gosses résolus et bien unis...

— Nous ne sommes que dix, lui fit remarquer Gaby.

— Onze ! répéta le curé Brissard en souriant. Vous ne voyez pas le onzième, et cependant il vous suit partout : c'est le petit pauvre de Nazareth... »

Les inspecteurs Sinet et Lamy bavardaient dans le petit bureau crasseux qui leur servait de permanence, un cagibi sans fenêtre qu'une simple cloison de verre dépoli séparait du poste de police. À côté, il n'y avait que le brigadier de service, ses deux agents et, assis sur un banc, le gibier de la soirée, un mendigot sans âge qui se racontait ses malheurs d'une voix monotone.

« Veux-tu que je te dise, Lamy ? grommelait l'inspecteur Sinet. Nous ne sommes que des traîne-savates, des rien-du-tout, tout juste bons à régler des affaires de vaudeville : le crémier qui réclame trois jours de surveillance parce qu'un camembert s'est envolé de son étalage, la vieille dame qui vient te raconter en pleurant que le chat de la voisine lui a bouffé son canari...

— Il ne faut rien exagérer, soupira Lamy en tirant sur sa pipe. Nous mettons quelquefois le nez dans des affaires qui font du bruit... »

Sinet se tapa sur les cuisses.

« Ah ! s'écria-t-il, je t'attendais là. Ces affaires-là, mon bonhomme, tu ne les tiens jamais que par le petit bout, et la Préfecture te le fait lâcher en vitesse. La preuve ? ce Mallart que j'ai épinglé l'autre soir à côté du Square. On nous l'a escamoté sans même se soucier d'éclaircir ce qu'il était venu trafiquer à Louvigny. Moi, tout ce que j'ai gagné dans l'histoire, c'est cette châtaigne qui m'a fendu la joue... »

Et il tâtait avec précaution le sparadrap qui balafrait sa longue figure mécontente. Les deux hommes étaient vautrés sur des chaises, leurs grands pieds appuyés sans façon sur le radiateur poussiéreux du bureau. Sinet venait de rentrer avec le clochard d'à côté ; il n'avait pas encore retiré son trench-coat vert bouteille et gardait son chapeau vissé sur la tête. Il était de mauvais poil.

« Il faut avoir comme moi dix ans de commissariat de banlieue pour comprendre enfin que tout le trafic de la police n'est qu'un jeu de hasard, continua-t-il. Les affaires en or qui vous donnent du galon, tu n'as pas plus de chance d'en décrocher qu'un gros lot à la loterie...

— Pfeu-pfeu ! faisait Lamy en tétant sa pipe d'un air sceptique.

— Parfaitement, une loterie ! Tu ne veux pas me croire ? Regarde donc en arrière, sans aller très loin, et tu te rappelleras que trois grosses affaires sont sorties pour les flics au tirage de la semaine passée : les cent millions du Paris-Vintimille, les émeraudes de Francess Bennett et les lingots d'or du Comptoir Lévy-Bloch. Sérieusement, Lamy, crois-tu que nous étions bien placés dans la course ? À tous les coups, c'est réglé, nous prenons un billet perdant !

— Ne te plains pas, ricana Lamy en pointant le tuyau de sa pipe vers le visage tuméfié de son collègue. Cette fois-ci, tu as été remboursé... »

L'inspecteur Sinet haussa les épaules en riant jaune.

Une douzaine de personnes venaient d'entrer dans la salle de garde, d'où s'élevait maintenant une rumeur confuse, dominée par l'accent bougon du brigadier Pécaut. Les deux hommes n'y prêtèrent pas attention.

« Si tous les flics de Paris sont sur les dents à propos de ces trois histoires, reprit Lamy d'un air têtu, cela ne veut pas dire que nous sommes hors de course dans notre patelin perdu.

— Je voudrais bien savoir ce que nous pourrions faire là-dedans ! rugit Sinet hors de lui. Les cent millions du Paris-Vintimille sont l'affaire du siècle et ce n'est pas de sitôt qu'on la débrouillera : le coup était trop bien monté. À l'arrivée du rapide, mercredi soir, les douze ambulants ronflaient les uns sur les autres comme des ivrognes et le fourgon postal empestait le chloroforme.

— Justement, dit Lamy d'une voix douce, nous avons notre chance, une toute petite chance.

— Comment cela ?

— Le Paris-Vintimille est passé comme tous les jours par Louvigny-Triage, sous ton nez, Sinet !

— Et après ? Les sacs plombés qui contenaient le fric se sont évaporés dans la nuit entre Dijon et Paris. Autant chercher une aiguille dans une meule de paille !

— Et les émeraudes de Francess Bennett ?

— Est-ce qu'il t'arrive des fois d'aller prendre le thé au Ritz ? minauda Sinet en levant le petit doigt en l'air. La surveillance des palaces n'est pas de notre ressort.

— D'accord ! fit Lamy, mais les émeraudes ont dû faire du chemin depuis jeudi... Et si tu les retrouvais un de ces soirs dans une baraque de chiffonnier ?

— Il n'y a pas de receleurs au Faubourg-Bacchus,

répondit Sinet avec assurance. Sans blague ! tu ne vois pas le père Blache trimbalant les bijoux de la star sous son vieux chapeau ?

— On ne peut jamais savoir : le produit d'un vol échoue souvent dans les endroits les plus imprévus, et souvent pour les mêmes raisons. Les artistes qui ont fait le coup ne savent pas comment liquider leur butin, ou bien ils se disputent comme des chiens enragés au moment du partage... »

Le ton des voix s'était haussé dans la salle de garde et les deux inspecteurs devaient brailler pour s'entendre. Brusquement, le brigadier Pécaut poussa la porte vitrée.

« Il y a là une bande de mômes qui demandent à voir le commissaire Blanchon, dit-il à Sinet. Je n'ai rien compris à leur histoire. Mes deux hommes ont essayé de leur faire vider le poste, mais ces gosses sont nombreux et ils se cramponnent. Voulez-vous les entendre ? »

L'inspecteur reposa lourdement les pieds sur le sol en clignant de l'œil à son collègue.

« Qu'est-ce que je te disais ! ricana-t-il. Voilà du boulot pour nous ! Encore une histoire de canari assassiné par un matou ! »

Les dix gosses emmenés par Gaby pénétrèrent à la queue leu leu dans l'étroit bureau, sans se bousculer. L'inspecteur Sinet avait retourné sa chaise et trônait majestueusement derrière la table tachée d'encre.

« Que voulez-vous ? » leur dit-il sèchement.

Poussé par Marion, Fernand fit un pas en avant.

« Nous voulions voir le commissaire Blanchon, dit-il d'une voix ferme.

— Le commissaire a autre chose à faire que de recevoir comme ça dix gosses en galoches, grogna Sinet. Je suis chargé de lui dégrossir le travail... Parle !

— Nous sommes venus porter plainte », continua Fernand.

Les neuf autres approuvèrent de la tête.

« Qu'est-ce qu'on vous a fait ? demanda Sinet.

— On nous a volé le cheval ! » déclara Fernand d'un ton pathétique, comme il eût dit la Vénus de Milo.

Les deux policiers parurent tomber des nues : un cheval, maintenant !

« Quel cheval ? demanda Sinet.

— Le cheval-sans-tête ! » précisa naïvement le garçon.

Sinet avala sa salive et regarda fixement dans le vide, comprimant de son mieux une formidable envie de rire. Lamy fumait toujours dans son coin, les pieds sur le radiateur, la pipe enfoncée dans son visage cramoisi. Lui aussi s'étouffait de rire.

Sinet baissa les yeux, gêné par le regard profond de Fernand.

« Un cheval-sans-tête, vraiment ? répéta-t-il en gardant son sérieux. Il y a toutes sortes de bourrins en circulation à Louvigny, mais je n'en ai jamais vu un se balader dans cet état.

— Le nôtre est un cheval à trois roues, ajouta aussitôt Fernand. On ne connaît que lui dans la rue des Petits-Pauvres...

— Ouf ! j'y suis enfin, s'écria l'inspecteur en se carrant sur sa chaise. Alors on vous a volé ce cheval. Où cela s'est-il passé ? »

Fernand commença d'une voix hésitante, raconta la discussion de la veille et la curieuse offre d'achat dont le cheval avait été l'objet.

Sinet tira une feuille blanche du sous-main et consigna brièvement la chose sous sa dictée :

« Nous disons donc... un cheval-sans-tête, à trois roues... le carrefour de la Vache Noire... Deux hommes en canadiennes fourrées répondant, l'un au sobriquet de Pépé, l'autre à celui de Pas-Beau. Il ne doit pas l'être, en effet, pour accepter un surnom pareil...

— Il est affreux ! déclara Bonbon d'une voix indignée.

— Parfait ! dit l'inspecteur à Fernand. Continue, petit ! »

Au bout d'un moment, Sinet s'aperçut que son envie de rire lui avait passé subitement. L'histoire abracadabrante du cheval-sans-tête n'était pour rien dans ce brusque revirement ; elle n'avait pas plus d'importance que le légendaire assassinat du canari. Le policier était touché tout simplement par l'attitude de ces dix gosses entêtés à défendre leur bien, au point de s'aventurer dans un endroit que les galopins de

Louvigny évitaient en principe avec beaucoup de prudence. Oui, ils attendaient quelque chose de lui, et Sinet en éprouva un peu de peine, car il ne voyait pas du tout comment débrouiller cette sombre énigme. Quand Fernand eut terminé son récit :

« L'un de vous a-t-il relevé le numéro de la camionnette ? » demanda-t-il.

Zidore et Fernand se regardèrent d'un air navré : non, ils n'avaient pas songé à ça. Le petit Bonbon leva le doigt avec un empressement joyeux :

« Moi, je l'ai vu, le numéro !

— Ne l'écoutez pas, monsieur l'Inspecteur ! dit Tatave d'un air furieux. Ce moucheron ne connaît que dix lettres et il confond tous les chiffres. »

Tous les gosses éclatèrent de rire. Les deux policiers échangèrent un regard ravi. Sinet reprit l'interrogatoire :

« Il me faut maintenant un signalement précis des deux chenapans, dit-il aux enfants. Vous allez me dire l'un après l'autre comment vous les avez vus. Attention, n'inventez rien ! »

Toutes les descriptions concordèrent assez bien dans l'ensemble, mais c'est Marion, la dernière à parler, qui les croqua en deux mots, de la façon la plus saisissante :

« Pas-Beau, le grand, avait une sale tête de renard, dit-elle simplement. Pépé, le plus petit, une sale tête de bouledogue. Je ne blague pas : les gens ressemblent toujours plus ou moins à des animaux.

— Nous voilà bien avancés ! » soupira Sinet en rabattant son chapeau d'un coup de pouce pour échapper au regard aigu de Marion.

L'inspecteur Sinet avait une tête de cheval ; c'était notoire, tout le monde le blaguait au commissariat, et il se demanda si la fillette l'avait déjà remarqué.

« Qu'est-ce que vous allez faire ? lui demanda Gaby.

— Nous allons nous mettre en chasse », déclara pompeusement l'inspecteur, à qui les promesses ne coûtaient rien.

Il posa la main sur le papier.

« Je tiens là les éléments d'un bon rapport qui sera rédigé séance tenante. Demain, toute la police de Louvigny connaîtra votre affaire en détail et se mettra en branle... Maintenant, rentrez sagement chez vous et dormez sur vos deux oreilles : nous retrouverons votre cheval. »

Il se sentit rougir de honte en voyant s'éclairer brusquement ces figures fraîches et naïves qui posaient sur lui des yeux si confiants.

« On vous remercie, m'sieu l'Inspecteur ! » s'écria Gaby avec élan, au nom de toute la bande.

Et ils s'en furent joyeusement en raclant leurs vingt godillots cloutés dans la salle de garde.

L'inspecteur Lamy ralluma sa pipe en riant.

« Tu as gagné ta journée, dit-il à son collègue. Ces gosses vont raconter partout que le meilleur flic de France exerce à Louvigny-Triage... »

Sinet haussa les épaules ; il fit une boule de son rapport et la jeta machinalement dans sa corbeille à papier. Puis sa longue figure s'illumina brusquement. Il plongea le bras dans la corbeille, repêcha son rapport et le défroissa soigneusement sur la table avec le plat de sa main.

« Pourquoi fais-tu cette tête-là ? lui demanda Lamy.

— Je l'ai déjà vu, ce cheval-sans-tête ! s'écria Sinet médusé. Et il m'a même rendu un fameux service : sans lui, je n'aurais jamais rattrapé le type de l'autre soir, tu sais bien ?... Mallart ! »

Ce fut au tour de Lamy de paraître étonné.

« Je croyais que tu l'avais ceinturé sans difficulté...

— Oui, mais l'animal était déjà par terre. Il avait buté dans l'ombre sur un cheval à roues que des gosses avaient appuyé contre le mur. C'est sûrement le même...

— Et alors ? fit Lamy très intrigué. Je ne vois pas le rapport. Mallart étant sous clef depuis cinq jours, il n'a pu voler ce cheval.

— Évidemment ! avoua Sinet, mais le rapprochement est curieux et je me demande si cette histoire ébouriffante ne dissimule pas quelque chose de grave. Je voudrais bien tenir ces deux salauds qui s'amusent à faire peur à des gosses... Et puis, pourquoi voler le cheval ? Le petit nous a dit et redit qu'il ne valait pas un clou. »

Lamy se frottait les mains.

« Maintenant, tu grilles d'envie de savoir ce que ce

80

cheval en carton avait dans le ventre. Les cent millions du Paris-Vintimille, les émeraudes de Francess Bennett ou les lingots d'or du Comptoir Lévy-Bloch ? Tu n'as que l'embarras du choix. Trouve le cheval et tu sauras à quoi t'en tenir. »

Sinet haussa les épaules.

« Cela n'a rien à voir, dit-il aigrement. Mais je crois qu'il y a un bon petit travail de police à faire autour de cette curieuse histoire. »

À ce moment, des pas lourds résonnèrent dans la salle de garde. Le brigadier Pécaut passa sa figure navrée à la porte du bureau.

« Après les enfants, les parents ! annonça-t-il. On aura tout vu !... Je les fais entrer ?

— Faites entrer ! » gémit Sinet en levant les bras au ciel.

M. Joye et M. Douin pénétrèrent timidement dans le petit bureau, tortillant leurs casquettes de cheminots d'une main nerveuse.

« Rassurez-vous tout de suite : vos gosses étaient là tout à l'heure, leur dit l'inspecteur en riant. Ils nous ont cassé les oreilles une heure durant avec cette histoire de cheval. Je ne savais que faire pour m'en débarrasser...

— Faut les excuser ! bredouilla M. Douin un peu ennuyé. Vous comprenez, monsieur l'Inspecteur, ils y tiennent, à ce cheval. Ils n'ont que ça pour s'amuser. Nous, les parents, on ne peut pas mettre des cents et

81

des mille dans des joujoux qui se détraquent en deux jours. Le cheval, lui, il faisait de l'usage...

— Mais que vaut-il au juste ? demanda Sinet avec curiosité.

— Rien ! avoua M. Douin en faisant un geste vague. Moins que rien... »

Il raconta l'acquisition du cheval, mais passa le plus important sous silence, d'une part l'offre d'achat qu'on lui en avait faite personnellement et ce que le vieux Blache lui avait dit touchant à sa trouvaille, d'autre part le manège insolite du camelot Roublot le soir de la foire, quelques minutes après l'arrestation brutale d'un mauvais garçon au coin de la rue des Petits-Pauvres. M. Douin eut tort. Il peut arriver à de très braves gens de se fourvoyer dangereusement par excès de prudence. M. Joye, qui n'aimait pas la fli-caille, se contentait d'écouter en hochant la tête, les mâchoires serrées. L'inspecteur ne put rien tirer d'autre des deux hommes. Il les congédia sur un au revoir ironique.

« Croyez-vous que vous le retrouverez, ce cheval ? demanda M. Douin en se retournant sur le seuil.

— On fera de son mieux, lui assura Sinet d'un ton badin. Louvigny n'est pas grand. Si le cheval ne vaut vraiment rien, comme vous le prétendez, nous le retrouverons un de ces quatre matins entre deux poubelles... »

Il essayait de prendre la chose à la légère, mais pas assez pour ignorer le coup d'œil insistant de

M. Douin ; les enfants de la rue des Petits-Pauvres l'avaient dévisagé de la même façon. C'était le regard des humbles qui tiennent au peu qu'ils ont et supplient qu'on le leur rende.

Fernand regagna directement la rue des Petits-Pauvres, devançant son père de quelques minutes. La clef était sur la serrure ; il poussa la porte, regarda dans la cuisine où sa mère s'affairait, et resta figé sur le seuil, le cœur battant à coups sourds : la tête du cheval était posée d'aplomb sur la table et le dévisageait avec une expression sardonique.

« Te voilà enfin ! soupira Mme Douin en l'embrassant. Nous commencions à nous faire du souci. Ton père te cherche partout depuis un quart d'heure... Que s'est-il passé ?

— On nous a volé le cheval », murmura Fernand en fixant la tête avec des yeux dilatés.

À peine le cheval s'était-il évanoui, que sa tête coupée surgissait magiquement dans la maison des Douin. Pour Fernand, qui venait de vivre le petit drame de sa disparition, ce vieux jouet commençait à prendre une personnalité mystérieuse.

« C'est ton père qui nous a rapporté cette horreur, expliqua Mme Douin en suivant le regard de son fils. Il est passé ce soir chez le vieux Blache, en sortant du Triage... »

Elle se retourna en entendant la clef tourner dans la serrure. M. Douin parut soulagé en retrouvant son fils à la maison, mais son bon visage était assombri par un soupçon de mécontentement.

« Vous n'auriez pas dû faire tout ce tralala sans nous consulter, dit-il à Fernand. À quoi ça ressemble-t-il d'aller déranger M. Sinet pour un vieux cheval en carton qui n'a même plus de tête ? Vous y tenez, bien sûr ! mais on ne va pas trouver la police comme ça ; il faut y mettre des formes. Maintenant, tous les gens vont se moquer de nous dans le quartier...

— Ce n'est pas pour rire que ces deux types nous ont barboté le cheval, répliqua rageusement Fernand. Ils avaient l'air de nous disputer autre chose qu'un joujou à moitié démoli... »

Sans s'en douter, il donnait à ce mince événement sa signification véritable, celle que M. Douin commençait d'entrevoir depuis sa conversation avec le vieux Blache, celle que l'inspecteur Sinet se refusait encore à envisager.

Mme Douin se fit expliquer l'affaire en détail et s'indigna bien haut :

« Alors maintenant, voilà qu'on se met à voler leurs jouets à des enfants de pauvres !... C'est une honte ! On raconterait cela dans les journaux, personne ne voudrait y croire... Vrai de vrai ! il y a des gens qui n'ont pas de cœur ! »

Fernand se coucha tout de suite après le dîner et resta éveillé dans le noir, les yeux ouverts, obsédé par le sifflet lancinant des trains qui perçait les murs minces de sa chambrette. À la même heure, dans huit foyers différents, ses camarades se posaient les mêmes questions irritantes, revivaient par la pensée toutes les menues péripéties qui avaient entouré l'événement. Et le cheval courait toujours.

Dans la chambre voisine, M. Douin un peu fatigué sentait vaciller l'ardeur qui le poussait à prendre parti pour ces enfants dépossédés de leur trésor.

« Crois-tu que les policiers feront quelque chose ? lui disait sa femme.

— Je ne sais pas. S'ils ne le retrouvent pas, tant pis, mais bon débarras ! Ce cheval commençait à me taper sur le système... »

4

La vieille clef

Le lendemain soir, une pluie persistante fit que la bande à Gaby se désagrégea par force à la sortie de l'école. Fernand raccompagna Marion jusqu'en bas de la rue des Petits-Pauvres. Avant de se séparer :

« Tu sais ? lui dit Marion, je vais essayer de trouver quelque chose pour remplacer le cheval. Il faut réagir. Si chacun commence à laisser tomber les autres après l'école, la bande sera bientôt réduite à zéro... Ce serait dommage ! Il n'y a pas dix gosses dans tout le patelin qui se soutiennent autant que nous. C'est une force ! »

Fernand approuva d'un signe de tête. Les douze chiens de Marion gémissaient de tendresse au fond du jardinet.

« Tu ne veux pas que je t'en dresse un ? proposa la fillette en riant. Tu te sentirais moins seul à la maison.

— Maman n'en voudrait pas, répondit Fernand. Elle aime bien les bêtes, mais la maison est déjà trop petite pour nous trois...

— Ce n'est qu'une question d'habitude, dit Marion. Et puis, un bon chien à la maison, ça fait réfléchir les gens. »

Elle l'embrassa sur la joue et poussa la grille. Fernand remonta vivement la rue, encapuchonné dans un vieil imperméable qui lui battait les talons. Sa mère lui avait confié la clef. En entrant, il la laissa par mégarde dans la serrure, à l'extérieur. Il secoua son imperméable, régla le tirage du poêle et posa sur la table la lourde musette de toile qui lui servait de cartable. Puis, sentant un courant d'air sur ses mollets, il se retourna vers la porte. Elle bâillait un peu. Il se leva pour aller la repousser, mais le battant résista. Baissant les yeux, Fernand aperçut soudain le bout d'un soulier coincé dans l'embrasure.

Il ouvrit lentement, la gorge serrée par une terreur folle. Roublot se tenait sur le seuil, souriant d'un air hypocrite sous son chapeau dégoulinant. Le camelot tenait sous le bras un grand paquet bien ficelé, de forme rectangulaire. D'un coup sec, il retira la clef de la serrure, repoussa doucement la porte, la ferma à double tour de l'intérieur.

« Je suis venu te faire une petite visite amicale, dit-il en se retournant vers Fernand. Approche donc ! »

Fernand battit en retraite et se réfugia de l'autre côté de la table, furieux de s'être laissé prendre aussi bêtement : M. et Mme Douin ne devaient pas rentrer avant six heures, Gaby et les autres s'étaient dispersés dans la ville, Marion ne l'entendrait jamais crier de si loin. Heureusement, si Roublot était gros et fort, il n'avait pas l'assurance redoutable des hommes de la camionnette. Un froussard ! Fernand dévisagea fixement le camelot.

« Vous ne me faites pas peur, lui dit-il en se forçant à l'insolence. Mais ce n'est pas souvent qu'on voit traîner votre gros nez par ici en dehors du jeudi... Si c'est pour le cheval, vous pouvez repasser. Il s'est envolé hier soir...

— Je sais, fit Roublot sans se fâcher. Un sale coup pour vous autres !... Bah ! il ne faut pas en faire un drame. Regarde ce que je t'ai apporté là ! »

Il posa son paquet sur la table et se mit à le déficeler très lentement, tout en fouillant du regard les coins sombres de la pièce. Fernand ne le quittait pas des yeux.

« Le cheval est parti, mais vous pouvez être sûr qu'il reviendra un jour, déclara-t-il pour tâter le terrain. Une heure après le vol, la police était prévenue. L'inspecteur Sinet a fait son rapport, un vrai rapport avec le signalement des voleurs et tout ! Ils ne s'en tireront pas comme ça... »

Le regard vacillant de Roublot lui apprit qu'il avait touché juste. Le camelot baissa la tête pour cacher sa gêne, écarta le papier, découvrant une somptueuse boîte rouge et verte.

« C'est un train électrique, dit-il avec un sourire aimable. Il n'y a pas que des gens sans cœur à Louvigny. Les forains du jeudi ont appris ce qui s'est passé hier et se sont cotisés pour vous acheter cela ; ils m'ont chargé de te le remettre. N'est-ce pas gentil de leur part ? »

Fernand ne bougea pas. Il s'était glissé près du poêle, un bras derrière le dos. Sa main tâtonnait doucement dans le vide à la recherche du tisonnier.

« Ce train est à toi, il est à vous tous ! fit Roublot d'un air engageant. Approche donc ! nous allons monter les rails ensemble et tu pourras tout de suite l'essayer.

— Peuh ! riposta Fernand d'un ton dédaigneux. Les copains et moi, nous avons passé l'âge de jouer au petit train. Des locomotives, des vraies, il y en a plein les voies de l'autre côté de la rue. Vous pouvez remballer votre camelote, je n'y toucherai pas. »

Roublot fit le tour de la table en serrant les poings. Fernand sauta de côté, se retrancha devant le vestibule, son tisonnier à la main.

« Si vous faites encore un pas, je vous en balance un grand coup dans la figure, dit-il en pâlissant. Je ne vous raterai pas ! Ici, je suis chez nous, je garde la maison. »

La sueur se mélangeait à la pluie sur le visage jaune de Roublot. Il reficela machinalement son paquet. Ses yeux de rat faisaient le tour de la pièce avec une

expression désespérée. Il recula vers l'évier tout en observant le petit du coin de l'œil, ouvrit les deux placards, fouilla dans le buffet, inspecta la penderie, le coffre à charbon, la huche à pain, passa la main sur le haut des étagères, tout cela avec une dextérité diabolique. En deux minutes, il eut tout exploré, poussant le scrupule jusqu'à jeter un coup d'œil dans le bac à cendre du poêle. Ceci fait, il se retourna brusquement vers l'enfant. Fernand assura le tisonnier dans sa main.

« Je ne sais pas ce que vous êtes venu chercher ici, dit-il doucement. Il n'y a rien de précieux dans la maison. Tout ce qui pourrait vous intéresser, c'est ce que j'ai accroché au porte-manteau, derrière vous. Soulevez l'imperméable et regardez ! Vous n'aurez pas fait le dérangement pour rien... »

Roublot tira d'un coup sec sur le ciré noir et poussa une exclamation étouffée : la tête ricanante du cheval était fichée sur une patère comme un trophée de chasse et le foudroyait de ses yeux brillants. Roublot se passa la main sur le front d'un air égaré, ouvrit nerveusement la porte et se jeta dehors en courant, poursuivi par un rire moqueur qui l'accompagna jusqu'au fond du square.

Fernand referma la porte à double tour. Puis il ouvrit ses livres, ses cahiers, et se mit à écrire d'une main un peu tremblante.

Cinq minutes après, quelqu'un frappa à la porte, et son cœur se mit à sauter de nouveau dans sa poitrine.

« Ouvré-moi, fit une voix grave. Vite... »

Fernand reprit le tisonnier et s'approcha du battant sur la pointe des pieds.

« Qui est là ? demanda-t-il en contrefaisant sa voix.

— L'inspecteur Sinet. »

Fernand soulagé ouvrit tout grand et s'effaça poliment devant le policier.

« Que te voulait Roublot ? lui demanda Sinet sans préambule.

— Rien ! répondit Fernand embarrassé. Il venait m'apporter un cadeau pour remplacer le cheval. »

L'inspecteur referma soigneusement la porte.

« Ne me raconte pas d'histoire, dit-il durement. On ne reconduit pas un visiteur aussi généreux avec un tisonnier à la main. J'ai tout vu, j'étais dans le square, derrière cette petite fenêtre... Alors ? »

Fernand baissa la tête.

« Il avait l'air de chercher quelque chose, avoua-t-il. S'il avait pu me convaincre de jouer avec son train électrique, je crois qu'il en aurait profité pour visiter la maison de fond en comble ; mais je ne me suis pas laissé faire...

— Il aurait pu te convaincre autrement, ricana l'inspecteur.

— J'y ai pensé, dit Fernand. Je n'en menais pas large.

— Tu n'as aucune idée de ce qu'il cherchait ? demanda Sinet en regardant autour de lui avec curiosité.

— Aucune ! Il n'y a rien de précieux dans la maison. Maman garde toujours sur elle l'argent du ménage.

— Pourquoi n'as-tu pas voulu de ce train ?

— Ça m'a paru drôle... Les forains du marché se moquent bien de notre cheval : ils ne l'ont jamais vu.

— Tu as bien fait, reprit Sinet en riant. Ce Roublot n'est pas un homme recommandable. Savais-tu qu'il a déjà fait de la prison ?

— Non, mais cela se voit suffisamment à sa figure. Je veux bien parier qu'il en fera encore... »

Sinet alluma une cigarette et regarda attentivement autour de lui, puis ses yeux se posèrent tout à coup sur Fernand.

« Est-ce que je peux faire le tour de la baraque ? lui demanda-t-il sans façon.

— Pour vous, c'est différent ! répondit le gosse avec un bon sourire. Venez, je vais vous montrer la maison.

— Ne le dis pas à tes parents, lui recommanda Sinet avec embarras. Ce n'est pas très régulier de ma part, car je ne peux rien faire sans un mandat de perquisition... Il y a peut-être ici quelque chose dont vous ne soupçonnez pas la valeur. Moi, j'ai de bons yeux, je le verrai du premier coup.

— Je comprends bien, mais le cheval n'a plus rien à voir là-dedans, lui fit remarquer Fernand un peu déçu.

— Au contraire ! répliqua Sinet avec agacement.

Tout est parti de là, et peut-être ces deux types l'ont-ils volé pour rien : ils se sont trompés.

— Ah ! je n'y avais pas pensé... »

L'inspecteur fit lentement le tour des êtres sous la conduite de Fernand et ne se gêna pas pour tripoter dans les tiroirs. Tout était d'une propreté méticuleuse qui faisait ressortir le dépouillement du logis, sa simplicité, son innocence.

Quand Sinet passa de la chambre des parents dans celle de Fernand, celui-ci le regarda faire avec un intérêt passionné. Il n'aurait pas été trop surpris de lui voir tirer de dessous son oreiller un diamant gros comme un œuf de poule.

« Il n'y a rien, soupira Sinet avec ennui. Retournons à la cuisine... »

Il inventoria sans plus de succès la caissette à outils de M. Douin. Sinet ralluma son mégot, s'installa devant la table et fit asseoir Fernand en face de lui.

« Si je ne connaissais pas ton brave homme de père, lui dit-il gravement, j'irais imaginer des choses absurdes. Lui parleras-tu des visites que tu as reçues ce soir, la mienne et celle de Roublot ? »

Fernand secoua la tête.

« Non, dit-il d'une voix ferme. Il a déjà le gros souci de son travail. Du moment qu'il n'y a rien de louche ici, ce n'est pas la peine de l'empoisonner encore avec toutes ces histoires.

— Bon ! fit l'inspecteur avec un sourire amusé. Toi, au moins, tu sais prendre tes responsabilités... Écoute-moi bien, petit ! tu n'es pas bête ? Eh bien, si tu découvres quelque chose d'intéressant en traînaillant dans le quartier, viens m'en faire part. Quant à Roublot, ne t'en soucie pas, je le tiendrai à l'œil.

— Nous aussi, nous le tiendrons à l'œil, déclara Fernand d'un air entendu. Et pour ce qui est de son chiffre d'affaires à Louvigny-Triage, nous nous chargerons de le faire tomber à zéro... »

Roublot arriva vers dix heures sans se presser, comme à son habitude, au volant de sa fourgonnette neuve.

Il neigeait depuis l'aube, des flocons épars, lents à tomber qui fondaient aussitôt sur le bitume noirci. Au-dessus de la gare, les fumées blanches du Triage montaient en lourdes volutes sous un ciel gris et fermé. Roublot dressa sa table pliante et se mit à hurler pour attirer l'attention des ménagères de Louvigny sur les avantages techniques du « Super Coup' Frites Simplex », un engin de grande classe, adopté par l'Intendance militaire, qui vous débitait un boisseau de patates en deux minutes vingt secondes 6/10.

De temps en temps, il se retournait pour jeter un coup d'œil sur les vitres embuées du Café Parisien. Une vingtaine de badauds lui firent l'honneur d'assister à sa démonstration. Il écoula deux Tranche-Frites. Puis l'assistance se dispersa lentement, démasquant une deuxième rangée de spectateurs, qui attendaient sans doute une deuxième démonstration.

En relevant la tête, Roublot éprouva comme un choc au cœur. Les dix étaient alignés devant lui par ordre de grandeur, bien sagement, immobiles et silencieux. Le grand Gaby Joye, brun et rougeaud, une casquette avachie posée de travers sur ses cheveux frisottés ; Zidore Loche, maigre et vert de froid, le corps flottant dans un chandail trop large qui lui descendait sur les fesses ; Fernand Douin, blond et mince, son béret bleu tiré par-dessus les oreilles ; le gros Tatave Louvrier boudiné dans un blouson de drap roux plein de reprises et de pièces ; Juan Gomez emmitouflé dans un petit paletot court à collet de velours défraîchi, sa tête noiraude de gitan serrée par un passe-montagne à pompon ; Marion Fabert, bien droite dans sa longue veste d'homme, ses cheveux blonds ramassés sous un béret noir qui lui faisait un visage dur et blafard ; Berthe Gédéon, fine et jolie dans un affreux pull-over rouge à grosses mailles qu'elle avait tricoté de ses mains ; Mélie Babin entortillée dans son grand fichu noir où resplendissaient son éternel sourire et l'or de sa frange bien peignée ; Criquet Lariqué, tout menu et frissonnant dans un épais gilet doublé de peau de lapin ; enfin, au bout de la file, le benjamin, Bonbon Louvrier, bardé de chandails et de tricots sous son sarrau de toile bleue, le tout ficelé par un long cache-nez qui lui faisait deux fois le tour du cou et lui sanglait le buste comme un baudrier.

Donc, les dix étaient là et ils regardaient M. Roublot dans les yeux, mais sans manifester la moindre effronterie. Ils le regardaient, c'est tout. Le camelot essaya d'abord de prendre la chose en riant. Il les interpella d'un ton jovial.

« Bien content de vous revoir ! dit-il avec un sourire crispé. Approchez, mes petits mangeurs de frites, je vais refaire la démonstration pour vous... »

Aucun ne bougea. Ils étaient soudés sur le trottoir. La buée qui sortait de leur bouche flottait légèrement au-dessus d'eux. De temps en temps, une lente volée de flocons passait devant leurs visages figés. Ils regardaient Roublot, et Roublot se sentit bientôt prisonnier de cette barrière de regards. Il essaya de s'agiter, gueula son boniment à tous les échos du marché, massacra un demi-boisseau de patates à cochons. Sans succès. Personne ne vint voir comment fonctionnait le « Super Coup' Frites Simplex » et les dix le regardaient toujours avec une endurance exemplaire, presque sans ciller.

Roublot perdit soudain son sang-froid.

« Vous allez me foutre le camp d'ici en vitesse ! » lança-t-il d'une voix rauque.

Ils ne bronchèrent pas. Les dix regards se firent un peu plus doux, un peu plus attentifs. Malgré le froid, Roublot sentit la sueur perler sous son chapeau.

« Très bien ! dit-il d'un ton menaçant. Ne bougez pas. Je vais faire gratuitement une petite distribution de calottes... Il y en aura pour tout le monde. »

De Gaby à Bonbon, personne ne bougea. Des gens s'arrêtèrent derrière eux pour regarder ce qu'ils regardaient. Inévitablement, leurs yeux se posèrent sur le visage livide de Roublot, où la peur venait de succéder à la fureur. Peur de quoi ? Les gens se retournaient à droite, à gauche, ne comprenaient pas et regardaient Roublot avec une insistance égale à celle des enfants. L'agent Ducrin, qui assurait la surveillance du marché avec deux collègues, passait justement par là en battant la semelle. Cette scène silencieuse l'étonna grandement.

« Que regardes-tu ? » demanda-t-il à Gaby.

Gaby ne répondit pas. Ducrin suivit la direction de son regard, aperçut le visage décomposé de Roublot, et le regard de la police s'ajouta aux regards de la foule. Roublot n'avait jamais eu tant de monde autour de lui. Pourtant, il se mit en devoir de rafler ses « Super Coup' Frites » et les empila sans soin dans ses valises.

« Il a l'air malade, très malade ! dit une concierge de la Cité-Ferrand qui comptait bien le voir tomber raide. C'est ce maudit coup de froid qui vous caille le sang dans les veines. »

Roublot ne tomba pas. Il replia sa table et ses tréteaux avec une précipitation frénétique, jeta le tout à l'arrière de la fourgonnette, puis tourna vers les gosses un visage frémissant de colère. Il ouvrit la bouche, mais les paroles s'étranglèrent aussitôt dans sa gorge :

le petit Bonbon venait de sortir du rang en caracolant sur un manche de pelle orné d'une tête de cheval.

« Hue-dada ! Hue-dada ! » hurlait Bonbon en faisant claquer ses deux pieds et le fer de la pelle.

Et il tirait sur des rênes imaginaires, redressait bien haut la tête du cheval qui regardait Roublot avec une fureur démoniaque. La foule éclata de rire, les dix gosses aussi, soudain dégelés. Roublot battit en retraite, se jeta comme un fou dans sa voiture et démarra en trombe.

« Il a son compte, laissa tomber Marion. Ça lui apprendra à pénétrer chez les gens en calant la porte avec son pied... On ne pouvait pas faire moins que de lui rendre sa visite.

— C'est égal, dit Fernand. Il ne doit pas avoir quelque chose de très propre sur la conscience pour décamper de cette façon-là... »

Gaby, Fernand et Zidore s'approchèrent en flânant du Café Parisien, qui rayonnait déjà de tous ses feux roses sous le ciel tôt assombri. Les trois gosses jetèrent un coup d'œil à travers les glaces. Des forains du marché se pressaient devant le comptoir en soufflant dans leurs doigts, mais la salle était vide.

« Juan-l'Espagnol repassera dans une heure ou deux pour voir si Roublot est revenu, décida Gaby. S'il revient, nous lui jouerons le même sketch, et s'il se cramponne, Marion lui amènera deux gros chiens de sa connaissance. En attendant, il faudra s'occuper d'aménager ce hangar de la scierie. C'est le coin rêvé pour nous... »

Marion avait découvert l'endroit en explorant le fouillis de jardinets et d'habitations délabrées qui s'étendait de la rue des Petits-Pauvres à la Nationale. Passé le carrefour de la Vache Noire, une sente étroite s'ouvrait sur la gauche, entre les ruines du vieil hospice et la palissade des Charbonnages Van den Berg, la venelle des Lilas. Les lilas n'existaient plus depuis des années, tués par la poussière du charbon, mais la venelle avait gardé leur nom et sa tranchée irrégulière conduisait de mur en mur jusqu'à la scierie désaffectée dont les bâtiments déserts et croulants bordaient à l'opposé une partie de la rue Cécile. Il y avait donc meilleur compte à s'y introduire par cette issue dérobée. Le coin rêvé, c'était un hangar à bois, bien clos sur trois côtés, le quatrième s'ouvrant au sud sur une cour hérissée d'herbes folles. Il était vide, mais l'odeur des essences forestières y subsistait encore, et Marion flaira du premier coup qu'il ferait bon se réunir dans ce refuge ignoré où le roulement sourd des trains se faisait à peine entendre.

Marion arriva la première avec Fernand, pour aménager ce que Gaby appelait déjà pompeusement « notre club ». Le sol était tapissé d'une épaisse couche de sciure moisie qui cédait mollement sous les talons. Il fallut creuser assez profond pour trouver la terre sèche et friable, dans laquelle Fernand creusa un petit four carré qu'il cloisonna de pierres plates. Pendant ce temps, Marion rôdait dans les ateliers vides avec Fifi sur ses talons.

Elle ramena successivement des planches, deux tréteaux, une caisse en assez bon état, deux casseroles, des boîtes de fer-blanc, un seau, un pique-feu, une pelle à charbon et dix billes de chêne pour servir de sièges, une pour chacun. Quant au bois à brûler, inutile de s'en faire un souci : il y en avait dans tous les coins, et du plus sec.

Vers quatre heures, Fernand put allumer la première flambée et le reflet rouge des flammes illumina magiquement le sombre hangar, délimitant un petit coin de chaude intimité domestique, avec les sièges rangés en cercle autour du foyer, la caisse-armoire garnie de ses casseroles, la table à tréteaux montée à l'écart et le pique-feu fiché en terre comme une épée.

Gaby survint à la nuit tombante en compagnie de Zidore et de Mélie. Tous trois poussèrent un rugissement d'extase en découvrant le « club » tout installé, l'âme du feu faisant courir sur les murs un cortège d'ombres frissonnantes.

« Je vous ai réservé vos sièges, leur dit Marion. Chacun a le sien, avec son nom écrit à la craie.

— Nous avons ramené des provisions, déclara Gaby. Pas grand-chose, juste de quoi pendre la crémaillère. »

Il tira de ses poches un cube de jus de viande et huit pommes de terre un peu flétries qu'il aligna sur la table.

« Moi, je n'en ai qu'une, mais elle est de taille, fit Zidore en exhibant, à la grande joie de ses amis, une énorme patate terreuse qui devait bien peser la livre.

— Je ne pourrai pas la joindre aux autres, dit Fernand en riant. Elle mettrait deux heures à cuire. On la gardera pour plus tard... »

Marion mit une casserolée d'eau sur le feu pour préparer le bouillon. Bientôt, Tatave et Bonbon arrivèrent en soufflant, le visage et les vêtements noirs de suie.

« Nous avons pris la petite porte des Charbonnages pour celle de la scierie, expliqua Tatave tout confus. Total : Bonbon s'est étalé dans une fosse à poussier et j'ai dû le sortir de là. Quelle histoire ! »

Berthe Gédéon les suivit de près, tenant par la main Criquet Lariqué qui roula des yeux émerveillés en découvrant les splendeurs du repaire.

« J'apporte un cadeau pour tout le monde », déclara le négro tout ému en tirant un petit paquet tout fripé de son gilet.

C'était la première fois. Chacun retint son souffle, les yeux rivés sur le bout de journal que Criquet dépliait avec soin. Il en sortit une cigarette un peu mouillée qu'il présenta religieusement à la ronde en scrutant le visage de ses amis. On lui fit une ovation.

« Je vais la mettre à sécher près du feu, fit Gaby. On en fumera chacun deux bouffées. La fête sera complète... »

Juan-l'Espagnol surgit le dernier, comme une ombre, son passe-montagne rabattu sur les oreilles, car il neigeait de plus en plus. Il n'apportait qu'une mauvaise nouvelle.

« Roublot n'a pas reparu sur le champ de foire, déclara-t-il en tendant les mains au-dessus du brasier. Mais sa fourgonnette est garée dans la rue des Alliés. Il doit traîner dans les parages à l'heure qu'il est... »

La nouvelle jeta un froid. Marion ne dit rien ; elle tourna seulement la tête vers le fond du hangar et siffla légèrement entre ses dents. Deux grands chiens noirs que personne n'avait encore vus surgirent en silence du coin le plus sombre, leurs yeux fixes s'allumant comme des rubis aux reflets du brasier. Ils s'allongèrent aux pieds de Marion, appuyèrent leur gros nez mouillé sur sa vieille veste d'homme.

« Butor et Fanfan, dit-elle à mi-voix. Ce sont deux briards, les meilleurs gardiens de Louvigny-Cambrouse. Je les ferai venir chaque fois que nous nous réunirons au club... Roublot peut toujours essayer de les attendrir avec deux mètres de saucisse, il y laissera la peau de ses fesses. Regardez ces crocs... »

On admira, sans y mettre la main, et la gaieté reprit naturellement le dessus. Berthe et Mélie firent le service avec adresse et célérité. Les dix sirotèrent le punch fumant dans les boîtes en fer, par petites gorgées.

« Je n'ai jamais rien bu de meilleur », soupirait Tatave au-dessus de sa tasse, les yeux mouillés de gourmandise.

Ce n'était que du bouillon un peu fade délayé dans

de l'eau trouble, mais il gagnait un velouté inestimable à être consommé de compagnie dans le secret du hangar à bois. Gaby alluma la cigarette et fit passer à la ronde le calumet de l'amitié. Marion et Fernand mirent les pommes de terre à rôtir entre deux couches de cendres tout autour du foyer. Les flammes moururent lentement, et bientôt il ne resta plus qu'un rond de braise, dont le rayonnement pourpre sursautait parfois, illuminant le cercle des visages immobiles. Tout le monde s'était tu ; les deux chiens soupiraient de bonheur et n'osaient se gratter.

« De quoi allons-nous parler ? demanda enfin Marion.

— Du cheval, bien entendu ! fit Gaby. Chacun de nous donnera son avis à tour de rôle, même les petits. Commençons par Fernand. Il est le mieux placé de tous pour en parler. »

Les regards se tournèrent vers le fils Douin.

« Une chose m'a surtout frappé, déclara Fernand en choisissant ses mots avec soin : pendant toute une année, nous avons fait les quatre cents coups avec ce cheval sans que personne y trouve à redire. Et puis, brusquement, voilà que les gens se sont intéressés à lui, comme si, à un moment donné, il avait pris une valeur extraordinaire. »

Les gosses émus s'agitèrent nerveusement autour du brasier : le premier conseil promettait d'être passionnant.

« Très bien ! fit Gaby, mais il faut maintenant déterminer ce moment. C'est capital !... Pour moi, toute l'histoire a débuté le soir où le cheval a perdu sa roue avant, et plus précisément quand Roublot est venu tourner autour de toi et de Marion. Que s'est-il passé avant et après ?

— Je te l'ai déjà raconté, répondit Fernand. En revenant du marché, nous avons trouvé le cheval couché dans le ruisseau. Je l'ai relevé et je l'ai replacé debout contre la grille. C'est alors que nous avons vu s'amener ce sale bonhomme...

— Roublot en voulait au cheval, ajouta Marion. Je suis certaine que nous le gênions...

— Et après ? continua Gaby.

— Après, reprit Fernand, Papa est rentré. Nous avons démonté les roues, et le cheval est parti le lendemain en réparation. Je ne vois rien d'autre à dire. Il ne s'est passé chez nous aucun mystère.

— Les mystères se fabriquent tout seuls sans qu'on puisse s'en rendre compte, dit Zidore en rigolant. Peut-être bien que ton cheval s'est mis comme ça à pondre des pièces d'or dans tous les coins... »

Les conjurés se dilatèrent la rate.

« Ne blaguez pas, dit Fernand un peu fâché. Vous savez tous aussi bien que moi que le cheval n'a jamais rien valu... Hier soir, après la visite de Roublot, l'inspecteur lui-même m'a dit quelque chose qui m'a fait dresser les oreilles...

— Quoi ? demanda Gaby intéressé.

— Sinet m'a dit : "Peut-être les types de la camionnette ont-ils volé le cheval pour rien. Ils se sont trompés..." C'est ce qui expliquerait la perquisition de Roublot chez nous. »

Zidore et Gaby sifflèrent doucement entre leurs dents, tandis que les autres se regardaient sans comprendre.

« Par conséquent, murmura Gaby d'un air songeur,

107

si le camelot est de mèche avec ces gens-là, il espérait trouver chez toi un objet qui représente pour eux une valeur énorme. Ça change tout ! Le cheval les a déçus, mais la maison des Douin les intéresse encore.

— Roublot n'a rien trouvé, protesta Fernand qui se sentait un peu débordé.

— Il ne savait peut-être pas lui-même ce qu'il cherchait, dit Mélie en riant.

— Tout cela nous écarte du cheval, fit remarquer Marion, mais nous savons maintenant à quoi nous en tenir sur un point : le soir de l'accident, le cheval a valu brusquement très cher pour une foule de gens, et cinq jours après, le soir du vol, il ne valait plus rien du tout. Il faut donc admettre que le cheval a changé d'une certaine façon dans l'intervalle...

— Soit entre les mains de Fernand et de son père, soit dans l'atelier de M. Rossi ! acheva Gaby d'un ton catégorique. Personne d'autre n'a pu y toucher... »

La lueur du brasier se voilait lentement, mais Fernand vit luire autour de lui les yeux brillants des filles et des garçons. Marion caressait doucement la tête de ses chiens sans le quitter du regard. Tout le monde attendait, le souffle suspendu. Gaby vint à son secours :

« Quelque chose t'échappe encore, lui dit-il d'une voix indulgente. Cela peut arriver à tout le monde. Essaie de te rappeler...

— M. Rossi n'a fait que scier la vieille fourche et replacer la neuve, dit Fernand en secouant la tête.

Inutile de chercher de ce côté ! Nous lui avons livré le cheval tout démonté et rien n'y manquait quand il nous l'a rendu.

— En es-tu bien sûr ? demanda Zidore. Admettons que M. Rossi n'y ait pas touché, mais ton père a pu fort bien lui enlever une pièce sans que tu t'en aperçoives.

— J'étais là et je l'ai aidé jusqu'à la fin, dit Fernand. Nous avons démonté les roues, revissé les écrous sur leurs moyeux, gratté la rouille ici et là.

— Rien d'autre ?

— Si ! Papa a pris le cheval par les deux pattes arrière et l'a vidé sur le dallage du vestibule ; il avait le ventre plein comme un œuf. Papa ne voulait pas l'apporter à M. Rossi dans cet état-là.

— Nous y voilà ! s'écria Gaby en sautant sur ses pieds. Qu'y avait-il dans le cheval ?

— Vous le savez tous aussi bien que moi, répondit Fernand d'un air moqueur, depuis le temps que vous lui enfournez par le cou toutes les cochonneries qui vous tombent sous la main. Pauvre cheval ! »

Gaby se pencha sur Fernand.

« Tête de bois ! s'écria-t-il en le secouant par les épaules. Il y avait sûrement dans le cheval quelque chose que tu n'as pas remarqué et que vous avez laissé perdre. Toute l'histoire vient de là !... Qu'est-ce que vous lui avez sorti du corps ? »

Fernand tout saisi regarda dans le vide, cherchant

à recomposer geste par geste la scène qui s'était déroulée ce soir-là.

« Pour commencer, il y avait de l'étoupe, du crin, des chiffons graisseux qui faisaient bouchon devant le trou, dit-il d'une voix blanche. Mon père a dû prendre un crochet pour retirer le paquet. Puis tout le reste est venu d'un seul coup...

— Quoi ?

— De la ferraille rouillée ! Le cheval en avait dix bons kilos dans la panse...

— Quelle sorte de ferraille ? insista Gaby.

— Des boulons, une lime cassée, un bouton de porte...

— C'est moi qui l'ai fourré dans le trou avec d'autres bricoles, avoua Zidore un peu gêné. Le cheval sonnait trop creux, il avait besoin d'être plombé.

— Papa a mis le bouton de côté pour la maison, ajouta Fernand. Il pouvait encore servir...

— Quoi encore ?

— Un bout de chaîne à vache, un crochet, deux boîtes de sardines, une tringle à rideaux, un réveille-matin, une branche de tenaille, un ressort de sommier, une timbale, une vieille clef... »

Chacun saluait au passage l'aumône dont il avait régalé le cheval-sans-tête pour lui faire rendre dans la descente ce vacarme particulier qui décuplait le plaisir de son pilote. Mais la clef ne parut éveiller nul souvenir parmi les assistants. Un silence.

« Qui a mis la clef dans le cheval ? » aboya Gaby,

furieux, en scrutant les visages étonnés qui cernaient le foyer rougeoyant.

Les gosses se regardèrent sans mot dire, les yeux ronds. Personne ne leva la main.

« Cette clef n'est pas venue toute seule dans le cheval, dit Marion de sa voix chantante. Donc, quelqu'un d'autre l'y a mise, qui ne fait pas partie de notre bande. Puisque tout le reste nous est connu, ce n'est pas la peine de chercher plus loin : il n'y a que cette clef qui peut avoir donné de la valeur au cheval.

— Comment était-elle ? demanda Gaby à Fernand.

— Toute rouillée, longue comme une clef de garage, avec une étiquette en bois accrochée à l'anneau.

— Qu'est-ce que ton père en a fait ? »

Fernand réfléchit longuement avant de répondre.

« Je n'en suis pas très sûr, dit-il, mais il me semble bien qu'il l'a pendue machinalement sous le compteur avec les clefs de la maison. »

Gaby poussa le pique-feu dans la braise. Les flammes se ranimèrent, illuminant le cercle des convives. Le fumet des pommes de terre rôties se mêla au parfum de la résine. Tatave en découvrit une, la piqua du bout de son canif.

« Elles m'ont l'air à point, dit-il d'un air satisfait.

— Les patates attendront, riposta Gaby. Il y a quelque chose de plus urgent à faire pour le moment. »

Il se tourna vers Fernand.

« Remontons chez toi en vitesse, lui dit-il brusquement. Il faut à tout prix mettre la main sur cette clef. »

Dehors, la neige tombait si serrée qu'on n'y voyait presque rien à dix pas. Les deux garçons se hâtèrent dans la rue des Petits-Pauvres, le bruit de leurs pas s'étouffant sur un tapis moelleux qui prenait déjà de l'épaisseur. Quelques rares passants glissaient dans la lumière voilée des échoppes. Fernand ne remarqua nulle ombre suspecte au coin de la rue. Il ouvrit la porte et se dirigea à tâtons vers la fenêtre pour tirer le rideau.

« Allume ! » souffla-t-il à Gaby.

Puis les deux garçons sautèrent dans le vestibule. Une douzaine de clefs brillantes ou ternies pendaient pêle-mêle à la planchette du compteur, et parmi elles une clef de grande taille, dont l'anneau portait une fiche de bois jaune attachée par un nœud de laiton.

« C'est celle-là, dit Fernand très excité. Je la reconnais.

— Elle n'a rien de particulier, dit Gaby en la soupesant dans sa main. Apparemment, c'est une clef comme toutes les autres... Tiens ! il y a quelque chose d'écrit sur l'étiquette.

— Ne nous attardons pas trop, lui dit Fernand. On regardera ça de plus près dans le hangar. »

Ils retrouvèrent le reste de la bande en train de partager scrupuleusement les pommes de terre croustillantes. Zidore avait jeté quelques copeaux secs sur les braises. Le feu vif renaissait en flammes crépitantes qui doraient le visage des convives et faisaient danser joyeusement leurs ombres sur les murs. On examina la clef à la lueur du foyer ; la fiche de bois jaune portait une inscription à l'encre, un peu passée, qui se lisait difficilement.

« *Manufacture Billette,* 224, chemin du Ponceau ! déchiffra Gaby avec étonnement. Ça vous dit quelque chose ? »

Marion connaissait assez bien cette enfilade de bâtiments industriels, déserts pour la plupart, que dominait la falaise rectiligne des voies ferrées, tout au fond du Clos Pecqueux.

« Le 224 est de l'autre côté du petit tunnel, dit-elle. C'est ce bloc de béton gris qui touche aux entrepôts César-Aravant. La manufacture Billette est fermée depuis la guerre. Je n'ai jamais vu personne de ce côté...

— Qu'est-ce qu'on y fabriquait ? » demanda curieusement Gaby.

Marion haussa les sourcils en signe d'ignorance.

« Nous le saurons demain, dit-elle simplement. Nous avons la clef... »

5

La fabrique abandonnée

L'inspecteur Sinet ne pouvait consacrer que ses moments perdus à l'affaire du cheval. Il le faisait beaucoup plus par dilettantisme que par souci professionnel, le commissaire Blanchon n'y voyant qu'une farce douteuse où la police avait une bonne occasion de se ridiculiser.

Les hommes qui avaient machiné le rapt du cheval-sans-tête semblaient s'être perdus dans le dédale de cette banlieue industrielle où les bonnes cachettes ne manquaient pas. Sinet et Lamy s'étaient renseignés discrètement dans le milieu assez mélangé des forains : les nommés Pas-Beau et Pépé y étaient inconnus, du moins sous ces sobriquets familiers.

Par ailleurs, il était difficile de s'attacher utilement

à Roublot, qui disposait de sa fourgonnette et n'apparaissait à Louvigny, en dehors du marché, qu'à de rares intervalles impossibles à déterminer d'avance. Restaient les gosses, que l'on pouvait aisément observer à toute heure du jour et qui ne se méfiaient point. Là encore, Sinet fut soudain dérouté. Du jour au lendemain, la bande à Gaby déserta son terrain d'élection. Tous les soirs, la rue des Petits-Pauvres restait morne et silencieuse entre quatre et sept heures. L'inspecteur s'obstina néanmoins dans cette surveillance dérisoire : il était certain que les dix gosses participaient sans le savoir à l'élaboration d'un mauvais coup qui faisait remuer autour d'eux d'obscures fripouilles.

« Quelque chose s'est passé à Louvigny la semaine dernière, dans la nuit de mercredi à jeudi, dit-il un soir à Lamy, quelque chose dont personne ici ne soupçonne l'importance. »

À tout hasard, ils étudièrent attentivement la liasse des bulletins qui consignaient en bref toute l'activité policière de cette fameuse semaine. Rien. Le gros lot, Sinet l'avait bien dit, n'était pas sorti pour Louvigny. C'était l'avant-veille que Francess Bennett s'était fait soulager de ses émeraudes en sortant du Ritz, et le surlendemain que le fourgon blindé du Comptoir Lévy-Bloch avait semé dans une rue tranquille trente lingots d'or d'une valeur globale de seize millions.

« Mais les cent millions du Paris-Vintimille se sont justement évaporés cette nuit-là », remarqua Lamy, dont le gros visage rouge avait perdu son pli moqueur.

Sinet branla la tête d'un air incrédule.

« L'histoire du cheval ne cache pas un coup si fumant ! dit-il en haussant les épaules. Pour moi, elle tourne autour d'une sordide affaire de carambouillage, comme il s'en machine si souvent dans les zones d'entrepôts. Il y a quelque part dans ce bled une baraque abandonnée qui doit servir de cache à des marchandises volées : vingt caisses de nouilles moisies, une barrique de mauvais vin, un ballot de toile à torchon, de pauvres choses barbotées dans le désordre d'un dock et que les voleurs se donnent un mal de chien pour écouler. Rien de plus ! »

Le brigadier Pécaut poussa la porte.

« Cette dame a quelque chose d'intéressant à vous raconter », dit-il en faisant entrer une petite vieille en noir à l'air très doux.

Rien qu'à la façon dont celle-ci croisait et décroisait ses mains sèches, Sinet agacé jugea qu'un serin venait de trépasser de male mort dans les parages. Il se trompait.

« J'habite dans une impasse de la rue Cécile, dit la petite vieille sans se perdre en vains préambules, l'impasse des Sureaux. Le quartier est bien tranquille, mais je ne voudrais pas qu'il se mette à flamber un de ces soirs comme une boîte d'allumettes.

— Pourquoi ? demanda Sinet étonné.

— Depuis deux jours, répondit la petite vieille, quelqu'un s'amuse à faire du feu dans un hangar de la scierie. Je n'ai pas voulu en parler aux voisins, cela

117

ne les regarde pas. Je suis venue vous prévenir, c'est tout.

— Nous irons voir cela dans un instant, lui promit Sinet. Rentrez chez vous et ne vous faites plus de bile pour ce feu. »

Après le départ de la petite vieille, il enfila son trench-coat et fonça dans la nuit neigeuse, laissant Lamy à la permanence.

La scierie désaffectée n'avait qu'une issue sur la rue Cécile, une haute grille de fer dont les deux montants étaient rivés par un tour de chaîne. Sinet fit facilement sauter le gros cadenas qui en retenait les deux bouts ; puis il alluma sa torche électrique et se guida prudemment dans le dédale obscur des ateliers, trébuchant parfois sur le bois pourri qui jonchait les cours et les passages.

Au jugé, il descendit jusqu'à la palissade bornant le fond de l'impasse des Sureaux. Tout de suite, l'inspecteur vit se refléter une rougeur furtive sur les piles de planches abandonnées qui remplissaient la moitié de l'arrière-cour. La lumière provenait du hangar à bois ; elle était assez vive pour faire sortir de l'ombre les herbes folles qui hérissaient le sol, et Sinet n'osa pas se risquer à découvert devant l'ouverture. Il se glissa lentement d'une pile à l'autre, ce qui l'amena bientôt en face de l'entrée. Le gouffre du hangar lui apparut dans toute sa profondeur, éclairé par une scène hallucinante qui le laissa un instant tout stupéfait.

Dix masques de carnaval, affublés de tutus en

papier vert et bleu, faisaient le cercle autour d'un petit feu de camp. Les flammes sautillantes animaient d'une façon saisissante les visages de carton rose, accentuaient encore leurs expressions bouffonnes ou tragiques. Au milieu du cercle, devant le brasier, un pique-feu surmonté d'une tête de cheval était planté comme un totem.

Les masques se passaient de main en main un gros poulet rôti, doré à point, dont Sinet put de loin apprécier la rondeur. De sa cachette, il n'entendait qu'un murmure de voix assourdies, mais la réunion semblait particulièrement houleuse. Finalement, l'un des masques prit le poulet par une cuisse et l'envoya d'un grand coup de pied à l'autre bout du hangar. Le poulet rebondit contre la cloison avec un bruit sec et tomba dans la sciure. Aussitôt, les masques se divisèrent en deux camps furieux, engagèrent une confuse partie de football, le poulet servant de ballon. Un grand masque qui paraissait le chef déborda soudain la ligne adverse en dribbling, arriva jusqu'à la porte et shoota le poulet qui vint s'écraser dans la cour à dix mètres de Sinet.

Ce poulet n'était que de carton ; il avait déjà perdu ses deux pilons dans la bagarre. L'inspecteur médusé se croyait transporté dans un autre monde. Il ne bougea pas, en quoi il fut bien inspiré, car deux gros chiens noirs patrouillaient dans la venelle des Lilas.

Les joueurs abandonnèrent le poulet dans la boue et regagnèrent le fond du hangar en hurlant comme

des démons. L'un d'eux piqua les cendres du foyer avec un long couteau, en retira une énorme pomme de terre noircie dont l'apparition déchaîna des applaudissements. Ils se démasquèrent tous ensemble pour la manger, et Sinet sortant de son cauchemar reconnut les dix de la bande à Gaby. Il en avait assez vu pour ce soir et il se retira tout doucement derrière les planches en décidant de laisser faire. Une intervention maladroite pouvait tout gâcher. Ce qui comptait surtout, c'était de savoir où retrouver les gosses de telle à telle heure.

Gaby était furieux : il avait permis d'emporter les masques, les barbes et les tutus, pas le poulet.

« Vous n'allez pas commencer à déménager la Manufacture Billette ! grognait-il en mastiquant sa portion de pomme de terre. Que diraient les gens en nous voyant danser Mardi gras à huit jours de Noël ?

— On peut chaparder un peu, protesta Zidore très excité. Il n'y a pas grand mal à ça : toute la camelote est pourrie par l'humidité. Aucun marchand n'en voudrait...

— D'accord ! reprit Gaby, mais ce n'est pas la peine d'attirer l'attention en se baladant dans la rue avec des fausses barbes et des gibus en carton. Dorénavant, défense de sortir quoi que ce soit de la baraque sans mon autorisation !

— Nous n'avons pas tout exploré, dit Juan-l'Espagnol avec un regard luisant de convoitise. Il y a peut-être quelque chose de plus intéressant dans le fond du magasin.

— On verra ça demain, dit Gaby. Mais il ne faudra pas oublier les bougies. Amenez-en chacun plusieurs bouts, que nous puissions y voir clair pendant une heure ou deux. »

Fernand réfléchissait, les yeux fixés sur le brasier rougeoyant qui se couronnait de petites flammèches dorées. Tout n'était pas clair dans cette histoire de clef que la plupart de ses camarades acceptaient comme une bonne aubaine sans vouloir l'approfondir. Certes, elle venait d'ouvrir aux dix une de ces constructions abandonnées qui se délabraient sous les intempéries aux confins de Louvigny-Triage ; mais les allumettes enflammées ce soir par Gaby et trop vite éteintes ne leur avaient rien découvert de très surprenant, hormis les fausses merveilles entassées dans les travées du magasin de stock. Depuis le jour où Tatave avait fait son vol plané par-dessus la poussette du père Zigon, le cheval-sans-tête, invisible ou présent, les avait menés de surprise en surprise. Et le mystère conti-nuait.

« Demain, dit-il doucement à Marion, nous fouille-rons tout le bâtiment en détail... Il faut trouver.

— Trouver quoi ? fit Marion en secouant ses che-veux fous. Moi, je me moque de la manufacture et de tout son bazar. Ce qui m'intéresse, c'est d'y attirer les voleurs du cheval.

— Moi aussi ! dit Fernand à voix basse. L'un ne va pas sans l'autre... »

Gaby donna les consignes pour le lendemain. Masques, barbes et tutus furent serrés dans la caisse-armoire, et l'on remit un peu d'ordre dans le « club », tandis que Zidore étouffait prudemment ce qui restait du foyer. Puis toute la bande s'esquiva dans le plus grand silence par la venelle des Lilas.

Avant de déboucher sur le chemin de la Vache Noire, Gaby regarda attentivement dans les deux sens. Personne en vue.

« Il fait nuit, souffla-t-il aux autres, mais il vaut mieux ne pas trop se montrer à cet endroit.

— Il ne faut pas trop se cacher non plus », répliqua Marion en le poussant légèrement du coude.

Tatave et Bonbon d'abord, Berthe et Mélie ensuite, Zidore, Juan et Criquet enfin, remontèrent vers la rue des Petits-Pauvres à quelques secondes d'intervalle, suivis par le regard attentif de Marion. Gaby scrutait le bas du chemin, vers la Nationale, Fernand l'étendue brouillée du Clos Pecqueux, où la neige apparaissait çà et là en plaques blafardes. Ils ne virent rien, ni personne. Marion embrassa ses chiens sur le nez, leur donna un demi-sucre à chacun et les expédia d'un mot dans leur cambrouse. Avant de se séparer, les trois grands échangèrent une chaude poignée de main.

« Bon ! je rentre chez moi, dit Gaby. À demain, vous autres !

— Ne te casse pas le nez sur Roublot », lui lança Fernand en riant.

Gaby emportait sur lui la clef de la Manufacture Billette, cette clef que le cheval-sans-tête avait vomie le soir du grand nettoyage. Il avait été convenu que chacun la garderait à tour de rôle pour limiter les chances du groupe adverse. La clef en elle-même était peu de chose ; un bon coup de pioche serait facilement venu à bout de la porte qu'elle fermait. Mais son étiquette en bois jaune – Gaby, Marion et Fernand le pressentaient – portait une adresse que des personnages de mauvaise mine s'échinaient à découvrir. Il était bien plaisant de les tenir en haleine...

Trois soirs de suite, les dix prirent le chemin de la manufacture sans être inquiétés le moins du monde. Arrivés en bas de la rue des Petits-Pauvres, ils se faufilaient sous les barbelés et s'éloignaient en gambadant vers la haute silhouette de la Vache Noire. Personne n'aurait vu malice dans ces ébats nonchalants, et Gaby veillait à faire marcher sa bande en grand désordre pour lui enlever toute allure d'expédition. Du reste, le temps gris se prêtait à cette évasion furtive. Dès quatre heures, la brume remontant de Louvigny-Cambrouse voilait suffisamment les lointains pour dérober la dernière partie du trajet aux vues du patelin. Les dix se regroupaient derrière la carcasse de la vieille locomotive, puis piquaient directement et d'un bon pas vers le coin des entrepôts César-Aravant.

L'endroit était toujours désert, animé seulement par

le passage ralenti des trains qui abordaient le Triage en lâchant de grands coups de sifflet. Une allée de terre resserrée entre deux hangars fermés conduisait au chemin du Ponceau, que dominait le remblai noirci des voies. Gaby se postait au coin du mur, l'œil fixé sur le trou sombre du tunnel, d'où surgissaient parfois une voiture cahotante ou quelques cheminots regagnant Louvigny. Dès que les environs paraissaient dégagés, Gaby faisait passer ses camarades deux par deux en leur recommandant de serrer le talus du chemin de fer. Cinquante mètres plus loin, la Manufacture Billette érigeait ses toits en dents de scie sur une morne façade en béton. Les premiers arrivés ouvraient d'un cran la lourde porte et se glissaient derrière pour attendre les autres. La bande étant au complet, Gaby repoussait le battant, donnait un tour de clef à la serrure, et l'on pouvait s'aventurer librement dans les lieux sans redouter une irruption fâcheuse.

Les ateliers de façonnage avaient été abandonnés en plein travail, avec leurs cuves de collodion et de pâte à papier à demi pleines d'un magma desséché, leurs établis couverts de rubans multicolores et de papier doré, les panoplies de moules à masques qui grimaçaient le long des murs, des flots de scintillants et de serpentins jonchant le sol éclaboussé de peinture. Pour une cause ou pour une autre, l'industrie des accessoires de carnaval et de cotillon avait dû péricliter avant-guerre dans une triste année de débine ; mais ces épaves n'inspiraient aucune mélancolie aux enfants de la rue des Petits-Pauvres.

Le grand Gaby se baladait avec une tête de cochon sur les épaules, un pistolet de carton dans chaque main, et ne s'épouvantait pas de voir surgir au détour du couloir un lion à petites jambes qui portait autour du cou une délicate collerette de papier-dentelle.

« Qui est-ce ? demandait-il au lion.

— C'est Mélie », minaudait le lion d'une petite voix étranglée.

Fernand se trouvait soudain nez à nez avec une fée masquée d'un loup noir, coiffée d'un hennin étoilé, qui brandissait un saucisson en guise de baguette magique.

« C'est Marion, disait-il en riant. Je vois tes yeux clairs dans les deux trous. Ils te trahissent à chaque fois... »

Tatave n'essayait que des mirlitons, des masses de mirlitons. Dès qu'il en trouvait un dont le son fêlé lui plaisait, il se juchait sur un établi, gonflait ses grosses joues et régalait les autres d'un petit air sans queue ni tête. Le passage rugissant des trains couvrait par instants cette musique aigrelette. Les murs minces de la fabrique vibraient sourdement ; puis le martèlement du rapide décroissait vers Melun ou Louvigny. La flûte enrouée de Tatave s'élevait alors dans le silence revenu, rythmant le sabbat infernal que menaient petits et grands d'atelier en atelier.

Toutes les dix minutes, Criquet Lariqué réclamait à

longs cris l'Ordre du Grand Turlututu Vert de première Classe et se mettait au garde-à-vous devant ses pairs. Juan-l'Espagnol lui passait autour du cou un cordon de papier tuyauté qui retenait une énorme étoile de fer-blanc, les trois filles donnaient tour à tour l'accolade au nouveau promu, Zidore lui assenait un coup de plat de sabre sur chaque épaule. La consécration suprême ne venait qu'en dernier : au commandement, Criquet faisait un demi-tour réglementaire sur les talons, courbait la tête d'un air soumis, et Gaby lui bottait cérémonieusement le bas du dos au milieu des vivats.

On en oubliait presque le cheval. Fifi était de la fête ; il passait fièrement, la queue haute, traînant dans sa gueule une longue chenille de gaze rouge qui serpentait derrière lui comme un accordéon.

Les stocks défraîchis de la fabrique étaient entassés dans une vaste salle sans fenêtres, aux murs blanchis à la chaux, séparée des ateliers par une palissade à claire-voie. On ne s'y risquait que sous la conduite de Gaby, qui tenait à limiter le saccage et redoutait de voir flamber la baraque d'un seul coup, par la maladresse d'un étourdi. Ainsi, trois soirées consécutives n'épuisèrent pas le plaisir de l'inventaire. À la lueur tremblotante d'une bougie, les grands visitaient méthodiquement les armoires, les rayons, les piles de boîtes alignées en longues travées d'une cloison à l'autre. Il y avait de tout, des coiffures les plus grotesques aux accessoires les plus désopilants, comme cette langue de belle-mère que Zidore vous allongeait brusquement dans l'œil à deux mètres de distance, ou ce bouquet de fleurs enchantées que Berthe Gédéon faisait épanouir en soufflant dans un gros cigare.

Marion participait activement aux recherches. Ses yeux de chat lui permettaient de se guider partout sans lumière. En remuant des caisses au fond de la salle, elle mit au jour la porte d'un étroit réduit qui avait dû servir de vestiaire. Elle le visita à tâtons, mais n'y trouva rien qui valût la peine d'être signalé aux autres. D'aventure, Bonbon survint derrière elle, haussant devant lui un bout de bougie qui éclairait sa petite frimousse intelligente et curieuse. Au passage, Marion l'attrapa par la main.

« Il ne faut pas aller par là, lui dit-elle doucement, mais d'un ton sans réplique.

— Non ? fit le petit en levant des yeux étonnés.

— Non ! répéta Marion en le ramenant vers les autres. Et ne demande pas pourquoi... »

Quand Marion disait non de cette manière, personne ne se permettait de passer outre. Gaby lui-même n'agissait jamais sans quêter du coin de l'œil l'approbation de cette fille clairvoyante qui incarnait la conscience de la bande.

On revenait à la nuit tombée, en trébuchant dans les entonnoirs du Clos Pecqueux, qui avait reçu du temps des Allemands quatre ou cinq dégelées de bombes anglaises. Il fallait repasser devant la Vache Noire qui prenait dans l'obscurité l'allure d'un monstre accroupi. Elle ne faisait plus peur aux grands, mais les petits se taisaient à cet endroit et filaient en serrant les fesses.

« N'allez pas si vite ! leur criait Gaby avec un gros rire. Elle ne vous mangera pas... »

Et la Vache Noire se mettait à sonner lugubrement sous une volée de cailloux.

La chaudière était largement crevée sur un flanc ; on pouvait s'y glisser sans encombre en escaladant la plate-forme par l'avant. En plein jour, cette acrobatie n'avait rien de périlleux ni d'effrayant ; les dix avaient déchiré maintes fois leurs fonds de culotte ou leurs jupes en se cachant dans la Vache. De nuit, les plus courageux n'y auraient pas fourré le nez pour un empire.

L'avant-dernier soir, comme la bande approchait du sinistre monument rouillé, Zidore jeta un défi que personne n'avait encore relevé.

« Je donne ma part de patates à celui qui passera l'inspection de la chaudière ! » cria-t-il aux autres.

Tatave, Gaby et Juan rirent bien haut, mais sans se prononcer.

On arrivait devant la Vache.

« Chiche ! dit soudain Marion, qui marchait un peu en arrière. Allumez-moi un bout de bougie. Je veux voir s'il y a quelqu'un là-dedans...

— Ne fais pas l'idiote ! protesta Gaby. Zidore disait cela pour rire...

— Aidez-moi », fit Marion d'un air décidé.

Tatave lui tendit son épaule, et elle sauta sur les échelons de la plate-forme. On la vit s'avancer lentement tout le long de l'énorme chaudière, abritant d'une main la flamme de la bougie. Le trou s'ouvrait vers l'arrière, à trois mètres de la cabine. Elle y passa d'abord sa bougie, puis s'y engagea jusqu'à mi-corps. Le fond du tunnel était tapissé d'une mince couche d'eau croupie dans laquelle serpentaient des morceaux de tubulure brisée. Marion éleva sa bougie, regarda d'abord vers les grilles et les tables de fonte qui subsistaient du foyer. Rien. Puis elle tourna la tête pour examiner l'autre bout.

« Alors ? » lui crièrent les autres du dehors.

Marion souffla sa bougie et se retira en serrant les dents.

« Il n'y a rien ! dit-elle d'une voix très gaie. Personne ! je me faisais des idées... »

Elle sauta sur le sol, ramassa dans l'herbe un lourd morceau de ferraille et le lança de toutes ses forces contre le capot gondolé de la chaudière.

« Bâoumm ! » meugla la Vache Noire au milieu du Clos.

Le chemin creux apparut bientôt, éclairé de loin en loin par un bec de gaz à l'éclat vacillant, et le goulot étroit de la rue des Petits-Pauvres qui s'ouvrait sur la ville assombrie. Gaby ordonna une courte pause avant de franchir les barbelés, pour laisser à Marion le temps d'aller chercher Fanfan et Butor de l'autre côté de la Nationale. Dès qu'elle fut de retour avec ses molosses,

les dix traversèrent le chemin en silence et se faufilèrent dans la venelle des Lilas.

On se trouva rudement bien au « Club », après la surexcitation des heures passées dans les resserres à trésors de la Manufacture Billette. Le feu pris et bien flambant, les filles préparèrent le punch au jus de viande et tartinèrent du chocolat fondu sur des tranches de pain grillé. Pendant ce temps, Gaby faisait le point de la situation extérieure en rapprochant les observations de ses camarades.

Les meilleurs renseignements vinrent de Juan-l'Espagnol et du négro, qui habitaient un quartier déshérité où grouillait la canaille.

« Hier soir, dit le Gitan, une camionnette a fait trois fois le va-et-vient dans le chemin du Ponceau, entre la gare et le Faubourg-Bacchus. Elle allait très lentement, et son chauffeur avait l'air de chercher quelque chose. Cela ne signifie peut-être rien, puisque nous opérons de l'autre côté de la gare...

— Quelle sorte de camionnette ? demanda Gaby.

— Une Renault bâchée, de couleur grise...

— Celle de l'autre soir était gris-vert, fit remarquer Fernand.

— Il y avait deux hommes à côté du chauffeur, reprit Juan. C'est ce qui nous a tiré l'œil.

— Vous ne les avez pas reconnus ?

— Impossible ! il faisait trop noir...

— Moi, dit Fernand, j'ai l'impression que Sinet et Lamy nous tournent autour. Hier soir, en remontant chez moi, je les ai vus se défiler en douce par la rue des Alliés.

— Ils feraient mieux de s'occuper du cheval, dit aigrement Zidore. Je voudrais bien savoir ce que ces deux guignols ont fait jusqu'ici pour le retrouver... »

Marion leva la tête.

« Ils nous protègent peut-être sans s'en douter eux-mêmes, dit-elle à mi-voix. C'est à cause de ces deux flics que les truands n'osent pas trop s'approcher de nous. Si nous n'avions pas porté plainte, il y a long-temps qu'ils seraient revenus à la charge, et plus bru-talement que la dernière fois.

— Qu'est-ce qui te fait croire ça ? » demanda Gaby tout surpris.

Du bout de son pied, Marion poussa quelques copeaux dans les braises : le hangar s'illumina.

« Tout à l'heure, il y avait deux types dans la Vache », dit-elle simplement.

Du coup on s'arrêta de manger autour d'elle.

« Deux types ! hurla Gaby hors de lui. Pourquoi ne l'as-tu pas dit tout de suite ?

— Je ne voulais pas vous effrayer inutilement, répondit Marion. Et puis il vaut mieux leur laisser l'illusion que nous ne les avons pas découverts. Je ne pouvais y voir très clair, le vent soufflait sans arrêt ma bougie, mais je les ai vus, eux. Ils étaient serrés dans le fond de la chaudière comme des sardines, le corps tout courbé sous la voûte... »

La nouvelle jeta la consternation dans la bande.

« Il ne serait pas prudent dans ces conditions de nous rendre à la Manufacture par le même chemin, déclara Gaby. Qu'en pensez-vous ? Peut-être nous ont-ils épiés à l'aller...

— S'ils étaient quelque part, ils n'auraient pas attendu la nuit pour voir où nous allions, dit Fernand.

— Ce sont des gens qui risquent gros en se montrant à découvert dans les parages, dit Juan-l'Espagnol. Ils devaient rôder sur le Clos. En nous entendant tourner le coin des entrepôts, ils ont pris peur et se sont fourrés dans la chaudière.

— Ils s'y cacheront certainement demain soir encore, dit Marion. Mais cela ne doit pas nous inquiéter. Notre itinéraire à travers champs reste le plus sûr. Le chemin du Ponceau est très étroit et l'on ne sait jamais qui va déboucher du petit tunnel... Mieux vaut couper par le Clos dont nous connaissons tous les trous et où il est facile de se disperser. »

Berthe et Mélie, Criquet et Bonbon, entendaient cela d'un air ravi et surexcité, comme les conventions particulières d'une partie de cache-cache qui devait se surajouter aux farces et attrapes de la Manufacture Billette. Pour les grands, l'affaire était certes plus sérieuse, mais le danger ne leur apparaissait pas sous son vrai jour. Il était seulement question d'attirer ces filous dans un piège bien tendu, et, pensait la jolie Marion, ils en prenaient déjà tout doucement le chemin. On ne savait ce qu'était devenu le cheval et il était peu probable qu'on le revît un jour descendre la rue des Petits-Pauvres sur ses trois roues. Ainsi, les dix entendaient le faire payer au prix fort – peu importait à qui...

Il fallut attendre un long moment au fond de la venelle des Lilas, car des gens remontaient le chemin de la Vache Noire en parlant à voix basse, s'arrêtaient brusquement, puis repartaient d'un pas plus lent, plus étouffé, qui n'était pas celui d'innocents promeneurs. Gaby inquiet pour ses amis décida d'accompagner tout le groupe jusqu'au carrefour de la rue Cécile.

Marion s'était éloignée, seule et menue, vers les maisonnettes basses de Louvigny-Cambrouse, qui masquaient l'horizon champêtre de l'autre côté de la Nationale. C'était de jour qu'elle faisait le plus souvent cette tournée – pour ne déranger personne. Elle s'en allait d'un pas vif, tout le long des ruelles boueuses qui menaient de la route aux champs, s'engageait hardiment dans les cours, passait à travers les haies, collait sa figure et ses mains tièdes au grillage des enclos. Le sifflement léger qui s'échappait de ses dents courait dans la nuit comme une chanson bourdonnante, à peine voilée par la galopade du vent dans les arbres nus.

Cette nuit-là, les chiens s'agitèrent beaucoup à Louvigny-Cambrouse, mais d'une façon qui n'avait rien à voir avec ces furieux coups de gueule que déchaîne le passage d'un chat ou d'un voleur de poireaux. Les femmes s'inquiétaient, mettaient le nez à la vitre.

« Le chien grogne, disaient-elles. Il faudrait aller voir...

— Ce n'est rien, répondaient les hommes en tirant sur leur pipe. C'est la fille aux chiens qui fait sa tournée... »

Marion remonta jusqu'aux belles villas du Quartier-Neuf et termina sa promenade par les pavillons ouvriers du Petit-Louvigny. Juan-l'Espagnol l'entendit siffler dans le voisinage et sortit aussitôt sur le pas de la porte.

« Qu'est-ce que tu fabriques ici ?

— Tu vois, répondit Marion en montrant sa veste humide et ses mollets crottés. Je termine ma tournée et je rentre...

— Comment sont-ils ? demanda Juan qui pensait aux chiens comme on pense aux gens.

— Ils sont sous pression, répondit Marion avec un sourire étrange. Je te garantis que nous allons rire...

— Qui a la clef ? demanda encore Juan que ces histoires de chiens ramenaient au cheval.

— Ce soir, répondit Marion, c'est au tour de Zidore.

— J'espère qu'il ne l'oubliera pas chez lui sous le compteur à gaz.

— Penses-tu ! il dort avec... »

6

Une petite fille
dans la nuit

Le samedi n'est pas un jour particulièrement faste pour les écoliers, dont la plupart voient leur père tirer sa flemme dès le matin, consulter le programme des cinémas du quartier ou partir en moto avec un faisceau de cannes à pêche en bandoulière. Pendant ce temps, dans un sombre bâtiment de la rue Piot, les gosses subissent un véritable interrogatoire policier de la part d'un monsieur à lunettes qui leur demande brutalement des explications sur l'enlèvement des Sabines ou l'assassinat du duc de Guise.

Ce matin-là, comme au début de l'après-midi, M. Juste, l'instituteur, remarqua que les plus grands, Gaby, Fernand et Zidore, avaient cet air froid et buté qui annonçait généralement un programme chargé pour la soirée à venir.

À côté, chez les filles, Mme Juste nota sans étonnement l'absence de Marion. Cela se produisait fréquemment, la petite aidant sa mère fatiguée, ou Dieu sait qui ? Dans la classe enfantine, la toute jeune Mlle Berry poussa soudain un éclat de rire strident et fit faire dix minutes de coin à Bonbon pour lui apprendre à se coller sur la figure un faux nez rouge en forme de topinambour. Le nez fut confisqué jusqu'au moment de la sortie, qui heureusement ne tarda pas.

Personne ne rentra chez soi après l'école. Mme Lariqué, la mulâtresse, Mme Babin ou Mme Gédéon auraient pu retenir leurs rejetons à la maison en invoquant le temps de chien qui sévissait depuis l'aube, ce qui n'aurait pas fait l'affaire de Gaby. Le grand voulait avoir tout son monde sous la main. Il ne neigeait pas trop, à peine une volée de flocons qui dansait de temps en temps dans le fond d'une rue et qu'un coup de vent chassait l'instant d'après. Mais il faisait déjà très sombre et le froid piquant violaçait les genoux nus.

Marion attendait la bande au coin de la rue des Petits-Pauvres ; elle fit rentrer tout le monde chez elle pour y déposer les cartables et boire un chocolat bouillant. Le petit Bonbon avait remis son faux nez et balançait son gros revolver d'un air menaçant.

« Pour ce qu'il t'a servi la dernière fois, lui dit

Zidore moqueur, il valait mieux laisser ce vieux truc à la maison.

— Il ne peut plus tuer personne, convint Bonbon à regret, mais je le serre dans ma main et j'ai moins peur. »

Gaby fit d'abord l'inventaire des ressources d'éclairage, en tout cinq trognons de chandelle et deux boîtes d'allumettes qui furent partagés entre les plus grands.

Pendant qu'on ficelait les petits dans leurs lainages, Mme Fabert survint et ne s'émut pas trop de trouver chez elle ces pirates qui venaient de lui manger deux jours de pain en cinq minutes. Marion ne mentit sur aucun point :

« Nous allons faire un tour dans le Clos pour nous remuer le sang », lui dit-elle en riant.

Mme Fabert haussa les épaules avec résignation.

« Allez, dit-elle, et tâchez de ne pas vous casser les deux pattes au fond d'un trou... J'aimais mieux vous voir faire du 100 à l'heure sur ce cheval de malheur ! »

Les dix traversèrent le chemin et passèrent tous ensemble sous les barbelés sans se cacher le moins du monde. Le Clos Pecqueux s'étendait à perte de vue dans la grisaille du crépuscule, aussi calme, aussi désert que les soirs précédents.

Gaby, Fernand et Zidore ouvraient la marche d'un air brave, balançant d'épais gourdins prélevés dans le bûcher de Mme Fabert. Juan-l'Espagnol serrait sur son sein le long couteau des pommes de terre. Tatave brandissait un élégant tisonnier à pommeau de cuivre.

Bonbon fusillait les corbeaux à distance avec son lourd revolver.

« Je vise, je tire et pan ! il est mort, criait Bonbon en fermant un œil.

— Croi-croi-croi, crois pas ça ! » répondait le corbeau en prenant le large.

Marion venait derrière, seule, les deux mains enfoncées dans les poches de sa vieille veste, le visage illuminé par un sourire intérieur qui n'était certes pas de pure gentillesse.

On arrivait au milieu du Clos. Gaby continua tout droit sans dévier d'un mètre. Instinctivement, chacun se tut, et les petits se rapprochèrent des grands. Un peu de neige fraîche ourlait les bosses et les balafres de la Vache Noire, matelassait le dos lépreux de sa chaudière. Au passage, elle reçut une ration de projectiles qui la fit sonner comme un bourdon de cathédrale. Puis les dix s'en furent au trot jusqu'à la palissade des entrepôts César-Aravant. Arrivée dans l'allée, Marion laissa filer les autres et s'aplatit contre le mur, les yeux fixés sur l'étendue déserte du Clos.

Au bout d'une minute, deux ombres menues, à peine distinctes, se détachèrent de la Vache Noire. L'une d'elles remonta d'un pas pressé vers les maisons de Louvigny, l'autre suivit avec précaution le chemin parcouru par la bande, en s'arrêtant parfois pour observer l'alignement des bâtisses abandonnées.

Marion quitta vivement son poste d'affût et rattrapa ses camarades dans le chemin du Ponceau, à quelques pas de la Manufacture Billette. Elle ne dit rien ; on ne pouvait pas prévoir encore ce qui allait se passer. Elle se contenta d'alerter Gaby d'un clin d'œil. Le grand ouvrit la porte, fit passer tout le monde et la referma soigneusement en donnant deux tours de clef. Il faisait déjà si sombre qu'on dut allumer tout de suite les bougies pour pénétrer dans les ateliers.

Gaby resta sur le seuil pour tenir conseil avec Marion et Fernand.

« La grande porte ne tiendra pas dix secondes devant des hommes bien outillés, dit-il d'un air inquiet. Le bois est complètement pourri autour de la serrure...

— Cela n'a guère d'importance, dit Marion. Vous vous barricaderez dans le magasin après avoir fermé les trois portes de communication. Ils perdront dix bonnes minutes à se frayer un passage, et l'on peut faire pas mal de choses en dix minutes. L'important, c'est de les faire entrer ici et de les tenir entre quatre murs. Je me charge du reste... »

Fernand hocha la tête.

« Je vais monter tout de suite faire le guet à cette petite fenêtre ronde qui s'ouvre au-dessus de la porte. »

Il se dirigea à tâtons jusqu'à la porte de la fabrique et grimpa l'étroit escalier qui menait aux deux pièces vides de l'étage. À mi-hauteur, une lucarne sans carreau s'ouvrait dans le mur. Il avança doucement la tête, inspecta le chemin du Ponceau dans les deux sens.

La nuit était tombée tout à fait sur le Clos Pec-queux. Des lumières jaunes s'allumaient aux pre-mières maisons de Louvigny. Le chemin restait plongé dans l'ombre, malgré l'éclairage blafard qui ceinturait les voies. Fernand tendit vainement l'oreille : le halè-tement des locomotives de manœuvre et le passage incessant des trains couvraient tous les bruits du voi-sinage. Il avança encore la tête et regarda du côté de Louvigny. Les phares d'une auto venaient d'éclairer brusquement la profonde tranchée du chemin et leur éclat sautillant se rapprochait peu à peu, faisait sortir de l'ombre la façade des entrepôts voisins. Au lieu de virer sous le tunnel, l'auto continua tout droit et s'arrêta devant la palissade qui condamnait la dernière partie du chemin. Les phares s'éteignirent. Fernand entendit claquer les portières.

« Tu vois quelque chose ? fit une voix derrière lui. Laisse-moi regarder... »

Marion était montée à pas de loup ; elle l'écarta doucement et passa la tête dans l'ouverture. Une autre voiture arrivait de Louvigny ; sa lumière blonde cerna le bord de la lucarne, éclaira violemment le visage pen-ché de la fillette.

« Attention ! lui souffla Fernand. On va te voir... »

Comme la précédente, l'auto fila devant le tunnel, stoppa sous la masse sombre des entrepôts, éteignit ses phares.

« Ce sont eux », chuchota Marion.

Sans souffler mot, elle tendit la main et montra quelque chose au-dehors, juste en face de la lucarne.

Un train de voyageurs abordait lentement la courbe de Louvigny et le reflet de ses lumières papillotait confusément en contrebas. Fernand regarda : un homme attendait de l'autre côté du chemin, plaqué contre le mur de soutènement du remblai, si près qu'il en eut le souffle coupé. L'homme alluma une torche électrique, la fit clignoter plusieurs fois en signe d'appel, puis promena le faisceau lumineux sur les murs de la fabrique.

Les deux enfants écoutèrent : le gravier crissait légèrement sous la lucarne. Fernand se pencha encore, d'un mouvement brusque, entrevit cinq silhouettes sombres qui s'avançaient le long du mur en file indienne.

« Ils sont là-dedans, murmura une voix étouffée. On voit bouger de la lumière au fond des bâtiments... »

Fernand et Marion redescendirent sans bruit et se postèrent sous la voûte de l'entrée. Un grondement sourd s'éleva dans le lointain, s'enfla peu à peu, fit bientôt vibrer le vitrage des ateliers : un rapide venant de Melun passait à l'aplomb du remblai, longeant le chemin du Ponceau. Le sol se mit à trépider, puis le martèlement des roues s'affaiblit et mourut lentement. Tout de suite après, ils entendirent craquer le bois vermoulu de la porte.

« Va prévenir les autres et ne t'occupe pas de moi, dit Marion. Retranchez-vous solidement dans le maga-

sin du fond. Il faut que vous teniez le plus longtemps possible.

— Que vas-tu faire ?

— Je file par la petite cour de derrière et je me sauve à travers champs. Je n'en aurai pas pour longtemps. N'aie pas peur, je reviendrai... »

Elle s'évanouit dans l'ombre du couloir. La porte craqua encore ; un rai de lumière filtra entre les battants disjoints qu'on secouait brutalement du dehors.

« Poussez donc ! » cria quelqu'un.

Fernand battit en retraite sur la pointe des pieds et se glissa dans le premier atelier. Gaby survenait, le visage ahuri, son bout de bougie à la main.

« Alors ?

— Ils sont là, souffla Fernand. Nous n'avons que le temps de boucler les portes. »

La première, qui s'ouvrait sous la voûte, n'avait pas de clef sur sa serrure. Ils traînèrent deux établis devant l'embrasure et les calèrent contre le battant métallique.

Une sourde détonation du côté de la rue : les deux vantaux venaient de sauter d'un seul coup sous la pression des assiégeants. Gaby et Fernand bondirent dans l'atelier voisin ; une porte de service, vitrée dans le haut, le séparait du précédent. Celle-ci fermait à clef.

« Ils auront vite fait de la démolir et de passer au travers, fit Gaby en haussant les épaules.

— Ils y perdront deux ou trois minutes, répondit Fernand. Marion a dit qu'il fallait gagner du temps. »

Les petits essayaient bien tranquillement des perruques et des fausses barbes dans le magasin du fond, autour de Zidore déguisé en père Fouettard. Tatave avait déjà crevé douze mirlitons. Berthe et Mélie se battaient furieusement à coups de serpentin. Criquet affublé d'un tricorne se faisait décorer à tour de bras par le général Bonbon Louvrier de Louvigny.

« Fini de rire ! gronda Gaby d'un air terrible. Ces voleurs de cheval vont nous tomber sur le poil dans un instant. Tout le monde aux barricades ! Démolissez-moi ces piles de cartons et faites-en un grand tas devant la porte. »

La claire-voie délimitant le magasin de stock était en solides lattes de bois qui montaient jusqu'au plafond.

La porte à deux battants, renforcée par des traverses horizontales, se fermait en haut et en bas par deux gros verrous de sûreté qu'on ne pouvait atteindre du dehors. Ce n'était pas encore assez pour arrêter les visiteurs.

En toute hâte, petits et grands empilèrent le long du grillage les boîtes pleines de masques et d'accessoires en papier gaufré, les plus lourdes en bas, pour consolider le rempart, les plus légères jetées à la volée sur le dessus, dans un inextricable fouillis d'où se répandaient des flots de scintillants, des girandoles multicolores, des plumets de crin, des ombrelles japonaises, des couronnes de carton doré, des diables à ressort, des serpents de baudruche, des fleurs de gaze, des brassées de mirlitons, des crécelles, des castagnettes, des fausses barbes, des faux nez, des fausses dents, et les mille et une farces et attrapes que contenait cette caverne d'Ali Baba.

Un terrible fracas de verre brisé retentit dans l'atelier voisin, tandis qu'une lumière furtive courait sous le vitrage bleuté de la toiture. Des pas lourds martelèrent le sol cimenté, s'approchèrent lentement du magasin.

« Encore une porte, dit Fernand, et nous verrons quelle tête ont ces beaux voleurs de joujoux...

— Soufflez les bougies ! chuchota Gaby en trépignant d'excitation. Filez dans le fond du magasin Planquez-vous derrière la dernière travée et ne bougez plus… Le premier que j'entends rigoler, je l'étrangle ! »

À tâtons, les enfants se retirèrent en pouffant, trébuchant sur les oripeaux qui jonchaient le passage central. Les caisses à marchandises étaient disposées d'un bout à l'autre de la salle en piles régulières, de la hauteur d'un homme, qui laissaient entre elles des tranchées d'un mètre de large Ces lignes de défense en carton ne donnaient pas seulement l'illusion de la sécurité ; Gaby se dit qu'en cas de grabuge on aurait beau jeu de les faire basculer d'un coup d'épaule et d'organiser sur-le-champ la plus affolante des pagailles.

La dernière porte réserva une bonne petite suée à ces hercules de banlieue. Elle était tout en métal, avec une forte serrure que Gaby avait bouclée à double tour. Ils durent s'y mettre à plusieurs pour la défoncer, en se servant d'un établi qu'ils manœuvrèrent comme un bélier, d'arrière en avant, en rythmant leurs efforts d'une bordée de jurons. Le panneau finit par basculer tout d'un bloc, entraînant avec lui le cadre du chambranle. Cela fit un beau vacarme qui coupa net le fou rire de Berthe et de Mélie, enfouies jusqu'au cou dans une cascade de fanfreluches soyeuses qui descendait d'une armoire entrouverte.

Gaby et Fernand, retranchés côte à côte derrière la première travée, s'étaient ménagé d'étroits créneaux à hauteur d'œil en écartant deux boîtes sur le dessus de la pile. De l'autre côté de la claire-voie, ils virent entrer les malabars l'un derrière l'autre, dans une lumière dansante qui dévoilait par éclipses leurs gros corps balourds et leurs vilaines ganaches de crapules. Le premier se prit les pieds dans une tête de cochon qui traînait par là, s'étala de tout son long avec un bruit superbe, renversa des seaux de peinture, cracha, hurla des gros mots, insulta ses camarades et se releva en soufflant, une longue barbe blanche accrochée par mégarde sous le nez. Ce début malheureux ramena quelque gaieté dans le camp de Gaby, où l'on commençait à se dessécher d'angoisse.

« Vous ne ferez rien de propre sans lumière, bande de froussards ! fit une grosse voix à l'arrière-plan. Le branchement du secteur est sous la voûte ; faites sauter le panneau et remettez les plombs... Personne n'y verra rien, la première maison est à huit cents mètres d'ici. »

Deux minutes après, quelques ampoules s'allumèrent d'un seul coup dans l'enfilade des ateliers, inondant d'une lumière crue les trésors fanés de la fabrique et l'effrayant désordre qu'y avaient mis les gamins au cours de leurs visites successives. Les truands satisfaits bondirent vers la cloison en claire-voie. Ils étaient cinq. Gaby et Fernand reconnurent sans peine le renard et le bouledogue sanglés dans des vestes de cuir, et, un peu en arrière, le gros Roublot qui ne semblait pas très sûr de lui. Les deux autres portaient d'épais manteaux de voyage au col relevé et ne montraient qu'un petit coin de leur figure.

Pas-Beau secoua brutalement les barreaux de la grille.

« Ces sales gosses se sont barricadés là-dedans, grogna-t-il à voix basse. Il s'agit de les faire sortir de leur trou. »

Il attaqua les deux battants à grands coups de masse, avec une impatience frénétique. Mais le bois des lattes était très épais, les deux verrous solides, et la porte tint bon. Pas-Beau jeta rageusement son outil et colla son visage à la grille.

« Holà ! vous autres, cria-t-il d'un ton menaçant, ouvrez tout de suite, sinon je m'en vais vous couper les oreilles !

— Ouvrez, bande de galapiats ! » hurla Pépé.

Rien ne bougea dans le fond du magasin.

« Ce n'est pas de cette façon qu'on parle aux gosses, murmura doucement l'un des manteaux, qui semblait être le chef. Laissez-moi faire... »

Il repoussa les deux hommes et regarda curieusement à travers les barreaux. Une seule ampoule, au-dessus de la porte, éclairait chichement l'étendue du magasin, ses armoires de tôle grise et les alignements rectilignes des cartons empilés.

« Petit-petit-petit-petit ! chantonna le manteau, comme on appelle la volaille à l'heure du grain. Allons ! allons ! ne faites pas les méchants. Ouvrez-nous bien gentiment et personne ne vous dira rien... Le premier qui se montre aura cent francs. »

Le magasin resta silencieux. Personne ne voulut de

ces cent francs, mais Tatave en aurait donné cent mille pour être ailleurs. Zidore et Juan-l'Espagnol venaient de découvrir un plein carton de « crapauds » dans leur travée. Ces crapauds sont des petites balles de papier de soie bourrées de sable qui contiennent une capsule de fulminate ; lancés d'un coup sec, ils éclatent joliment bien. Ils en prirent chacun une poignée, jaillirent brusquement derrière le parapet et jetèrent leur mitraille à toute volée contre la cloison. Les crapauds pétèrent en chapelet, d'une façon formidable. Une vraie rafale de mitraillette ! Les hommes tout surpris reculèrent instinctivement, la tête entre les bras, tandis que Gaby et Fernand rejoignaient d'un bond leurs camarades.

« Servez-vous ! leur souffla Zidore. Mais changeons de coin, sinon ils vont nous repérer... »

Les cinq truands exaspérés se ruaient de nouveau vers la grille avec de longs revolvers à la main.

« Nous allons vous jouer un petit air de grosse caisse ! cria l'homme au manteau à l'adresse des gosses. Vous avez l'air d'aimer ça... »

Passant la main entre les barreaux, ils firent feu plusieurs fois, au hasard, fusillant les armoires qui s'ouvraient brusquement sous le choc des balles et déversaient leur contenu sur les gosses accroupis. Le vacarme effrayant des détonations ne fit que surexciter ceux-ci davantage. Berthe et Mélie réclamèrent des crapauds. Tour à tour, les deux filles, Gaby et Fernand, Zidore et Juan, balancèrent leurs pétards contre la grille, tantôt dressés comme des diables, tantôt plongeant à plat ventre dans le fouillis de papier-dentelle qui matelassait le sol.

Roublot et Pas-Beau s'étaient glissés dans l'atelier voisin. Ils revinrent en poussant l'établi qui leur avait déjà servi de bélier. Les cinq soulevèrent ensemble la lourde table et la lancèrent brutalement contre la porte. Les deux battants craquèrent ; l'échafaudage dressé par les enfants s'écroula en partie sous la secousse.

Une superbe rafale de crapauds s'écrasa contre la grille dans un fourmillement d'éclairs blafards. Le second coup de bélier fit sauter la serrure du bas. Un battant céda, repoussant tout d'un bloc le monceau de cartons empilés. Les gosses s'étaient dressés derrière le parapet et se démenaient follement à découvert, jetant leurs projectiles à tour de bras, harcelant les cinq hommes qui reculaient de quelques pas pour prendre un dernier élan.

« Qu'est-ce que Marion peut bien fabriquer ? » murmurait Fernand en raclant les derniers crapauds au fond de la boîte.

Marion sauta sur le petit mur du fond et se reçut comme un chat sur ses quatre pattes. Il faisait très noir maintenant, mais la neige tombée de frais couvrait le terrain d'une pâle phosphorescence qui laissait deviner les bosses et les creux, et surtout ces traîtres entonnoirs de bombes dont le fond du champ était criblé en bordure des voies. Marion prit ses jambes à son cou et fonça dans l'obscurité, le regard tendu vers le fantôme rouillé de la Vache Noire qui se dressait au loin sur le fond légèrement lumineux de la ville.

Il neigeait toujours, très doucement, mais le vent était tombé tout à fait. Par instants, le grondement confus du trafic s'apaisait du côté du Triage, et ce coin de banlieue retrouvait le silence nocturne des espaces campagnards.

Arrivée près de la vieille loco, Marion s'arrêta et reprit haleine un court moment, les bras serrés sur sa poitrine maigre. Puis, plantant ses deux index entre ses dents, elle aspira un grand coup et se mit à siffler. Son appel suraigu, légèrement tremblé, traversa toute l'étendue du Clos Pecqueux, domina le grondement des voitures sur la Nationale, s'insinua dans les rues du faubourg, dans les impasses, les arrière-cours, les jardinets, les hangars et les granges.

Tournée vers les lumières de Louvigny qui scintillaient en contrebas, Marion sifflait à pleins poumons, sans faiblir, soutenue par l'écho du remblai qui prolongeait indéfiniment cette note sinistre et déchirante. Seule dans la nuit froide, elle sifflait pour les enfants de la rue des Petits-Pauvres.

Butor et Fanfan, les deux briards de la ferme Mesnard, qui traquaient un gros chat à l'entrée du chemin de la Vache Noire, furent touchés les premiers par ce pressant signal. Le poil se hérissa brusquement tout le long de leur échine. Ils laissèrent tomber le minet, franchirent d'un saut les barbelés et s'enfoncèrent silencieusement dans l'ombre morte du Clos Pecqueux. En bas de la rue des Petits-Pauvres, les douze pensionnaires éclopés de Marion se trémoussèrent dans leurs pansements. Seul l'alerte Fifi passa par-dessus la grille et fila comme un dératé vers la Vache Noire.

Le suivirent Hugo, Fritz et César, les trois seigneurs de la rue Cécile. Ils prirent le virage du carrefour en pleine vitesse, penchés épaule contre épaule, et s'évanouirent dans une envolée fantastique. Dingo, le vieux barbet du cordonnier Gally, plus lent à se mettre en jambes, traversa le chemin derrière eux et se glissa sous les barbelés en grondant de rage. Du haut de la rue des Petits-Pauvres descendirent successivement Pipotte, la chienne du vieux M. Gédéon, et Moko, le fox-terrier des Babin, entraînant à leur suite cinq hideux bâtards de la Cité-Ferrand qui avaient noms Mataf, le Doré, Jérémie, Ursule et Drinette. Tout le groupe déboucha de la rue au triple galop, la gueule basse, sans aboyer, et faillit renverser un passant solitaire qui descendait du chemin du Ponceau. Mustafa, le policier borgne de l'Auvergnat, et Zanzi, le caniche de Mme Louvrier, passèrent ventre à terre avec Émile et Fido, les deux épagneuls bretons de M. Lanceau, le maire de Louvigny. Et ces quatre-là allongeaient fameusement leurs foulées ! Et Marion sifflait toujours.

Gamin, le corniaud noir et blanc de M. Joye, tourna bientôt le coin de la voie Aubertin et remonta le chemin de la Vache Noire, précédant de peu les renforts de Louvigny-Cambrouse. Ceux-ci traversèrent en paquets la Nationale sans se soucier des coups de phares et des grincements de freins. Mignon, le dogue du maraîcher Maubert, emmenait tout le lot du quartier des Mâches, des chiens de cour mauvais comme des teignes, qui s'appelaient Filou, Canard, Bétasse, Flip et Briquet. Et derrière eux s'élançaient les chiens à vaches du Bas-Louvigny, des bêtes noires, poilues, sournoises et coupe-jarrets : Râleur, le bien-nommé, Nougat, le mangeur de corbeaux, Croquant, le boi-

teux, qui ne boitait plus, Belle aux yeux jaunes, Charlot le balafré, qui n'avait plus d'oreilles, Taquin le galeux et Canon le voleur de poules. Cette bande de gueusards tricotait bellement des pattes sur le macadam de la Nationale, et c'était merveille de voir ce grand mouvement d'ensemble qui déportait les chiens de Louvigny d'un bord à l'autre du patelin.

D'autant mieux que les snobs du Quartier-Neuf entrèrent aussi dans la danse, et déléguèrent leurs champions au beau poil et aux ongles rognés : le grand boxer Otto de la Ville-Neubourg du Pacq des Primevères, dont le pedigree couvrait quatre pages et qui mangeait chaque jour une livre de hachis de bœuf, le schnauzer Bébé, diable noir aux yeux de chèvre, le malinois Hubert quatre fois médaillé et grand sauteur de barricades, le lévrier Popoff ex-coureur de cynodrome, le griffon Zoum, grand mangeur de pantoufles et de doubles rideaux, puis cinq caniches de toute nuance et de toute taille, bien bouclés, un peu grassouillets et parfumés à l'eau de Cologne. Tous étaient passés entre les mains de Marion pour un bobo plus ou moins grave. Les snobs du Quartier-Neuf galopaient de bon cœur au rendez-vous...

Et Marion sifflait toujours dans la nuit noire du Clos Pecqueux. Son appel affaibli parvint jusqu'aux maisonnettes du Petit-Louvigny et du Faubourg-Bacchus, déchaîna comme une épidémie de rage parmi les bouffeurs de lion du quartier, chiens de chiffonniers, bâtards de bâtards, voyous, bagarreurs, qui n'avaient peur de rien et vivaient comme des hors-la-loi en marge des belles rues à magasins. Toute affaire cessante, cette racaille surgit en trombe des terrains vagues et des baraques en planches, déferla en pleine ville, traversa la Grand-Rue et la rue Piot, tourna par la rue des Alliés, s'engouffra dans la rue des Petits-Pauvres en bloquant toute la largeur de la chaussée.

Pipi, le fox jaune et blanc de Juan-l'Espagnol, menait la charge avec Arthur, le chien du vieux Chable, un corniaud bas sur pattes, avec une tête de chacal, un dos rugueux comme un tapis-brosse, un œil noir et l'autre bleu. Puis venaient Caillette, Frisé, Loupiotte, l'Apache, Chopine, la gentille chienne du père Zigon, Golo, le lapin-bouledogue des Lariqué, le vieux roquet Adolf, dissident de la défunte Kommandantur de Louvigny-Triage, Polyte, Bidasse, Ami, Gros-Père et douze autres colporteurs de puces qui changeaient de nom et de résidence tous les huit jours.

Campée sous la masse menaçante de la Vache Noire, Marion sifflait toujours à pleins poumons, quand les premiers arrivèrent sur elle. Elle les vit venir très confusément à travers la nuit trouble du Clos, par vagues bondissantes et silencieuses. Aucun n'aboyait, Marion le défendait, et le bruit de leurs pattes résonnait sur le sol comme le piétinement d'une pluie d'orage. En quelques secondes, elle se trouva cernée par un grouillement de corps furtifs qui cherchaient avidement le contact ami de sa main et l'odeur de sa vieille veste. Son sifflement se fit plus doux, plus chantant, à mesure que les chiens affluaient autour d'elle. Louvigny-Cambrouse et le Quartier-Neuf arrivèrent presque ensemble, puis la smala pouilleuse du Faubourg-Bacchus.

Par moments, l'éclair lointain d'un phare allumait autour d'elle des myriades d'yeux rouges et verts qui voletaient en rond comme des lucioles. Les chiens gémissaient de bonheur la gueule fermée. De temps en temps, l'un d'eux laissait échapper un petit cri plaintif.

« Tchi ! faisait Marion en écartant les bras d'un geste enveloppant. Là-là-là... »

Les chiens heureux resserraient leur cercle et bondissaient silencieusement en roulant de grands yeux. Les mains tendues, Marion reconnut à tâtons tout son monde, caressant les museaux, flattant les échines, appelant chacun par son nom.

« Venez ! » cria-t-elle brusquement.

Elle fendit la presse et se mit à courir vers le fond du Clos Pecqueux. Les chiens haletants la suivirent docilement, le nez sur ses talons, sans oser la dépasser. Toute la meute enfila derrière elle la courte allée qui menait au chemin du Ponceau. Un rapide passait en grondant sur le remblai, dans un ruissellement de lumières dorées. Les chiens excités se pressèrent derrière Marion.

Elle ralentit en approchant de la fabrique. La porte fracassée béait sur le noir, mais un peu de lumière fusait par le toit des ateliers. Des coups sourds retentissaient tout au fond de la fabrique. Elle entra, poussée par les chiens fous, qui se répandirent en haletant de salle en salle.

Une fumée âcre flottait dans l'atelier du fond. La grille du magasin tenait encore – à peine. Les cinq voyous cramponnés à leur bélier lui portaient le dernier coup. Sous le choc, un des montants s'abattit à l'intérieur, faisant basculer l'échafaudage des cartons qui s'écroulèrent avec fracas.

« Hé ! » fit Marion.

Les hommes stupéfaits se retournèrent et restèrent les bras ballants, bouche bée, en voyant derrière eux cette fillette avec ses soixante chiens silencieux et crispés. Les chiens attendaient, la gueule ouverte, retenus par d'invisibles laisses.

« Allez ! leur cria Marion d'une voix stridente. Attrapez-moi ces cochons qui volent des joujoux dans la rue des Petits-Pauvres... »

Les chiens bien contents sautèrent et se mirent au travail.

7

Le Paris-Vintimille

M. Douin fut relevé à dix-huit heures tapant par son camarade Gédéon et quitta peu après la cabine 118. Il se produisait justement un creux dans le trafic du Triage, et, à la faveur de cet apaisement passager, M. Douin fut assez surpris d'entendre une série de détonations, des cris, un tapage confus en bordure des voies, précisément dans le sinistre Clos Pecqueux. Il tourna la tête et repéra tout de suite la lumière bleutée qui rayonnait des vitrages de la Manufacture Billette. La chose lui parut insolite, personne n'ayant mis les pieds depuis quinze ans dans cet îlot de bâtiments promis à la démolition. M. Douin remonta donc en toute hâte dans la cabine et signala par téléphone aux bureaux de la gare que des gens s'entre-tuaient dans une fabrique déserte du chemin du Ponceau.

À cette même heure, les inspecteurs Sinet et Lamy se rôtissaient agréablement les pieds sur le radiateur de leur permanence. Le second venait de convaincre le premier qu'il était stupide d'aller faire sa ronde à la scierie par cette nuit glacée. L'irruption du commissaire Blanchon les surprit dans ce moment de faiblesse.

« Connaissez-vous la Manufacture Billette, 224 chemin du Ponceau, accessoires de cotillon en tous genres, coiffures, farces, cartonnages, fleurs pour décorations, garnitures de bals et kermesses ? leur demanda le "vieux" sans rire et d'une seule haleine.

— Non ! répondirent les deux hommes avec un air buté qui sous-entendait : "Et nous ne désirons pas la connaître !"

— Eh bien, prenez tout de suite la fourgonnette, un peloton de six rondards, et voyez un peu ce qui se passe là-bas : on vient de me prévenir que ça bardait... Filez vite ! Je ne quitterai pas mon bureau avant votre retour. »

L'inspecteur Sinet jura tout bas : depuis trois jours, les enfants de la rue des Petits-Pauvres lui montraient ce chemin d'une manière détournée. Ce n'était pas par caprice qu'ils confondaient si étrangement Noël et Carnaval. Et avec eux, bien sûr, on retombait dans cette fichue histoire de cheval dont M. Blanchon ne voulait plus entendre parler.

Quelques instants plus tard, le panier à salade traversait à toute allure l'esplanade de la gare et s'enfonçait dans le chemin du Ponceau en faisant retentir les deux notes lugubres de son avertisseur. Passé le tunnel, la voiture ralentit brusquement et s'arrêta contre la palissade neuve qui barrait la chaussée. Deux camionnettes étaient déjà garées là, tous feux éteints, sous le mur des entrepôts César-Aravant. Sinet reconnut tout de suite l'une d'elles.

« Roublot est là, souffla-t-il à Lamy. Je me ferai un plaisir délicat de lui mettre la main au collet... »

Les huit hommes sautèrent lourdement la barrière et s'en furent en silence le long du chemin boueux, emmenés par le brigadier Tassart qui connaissait parfaitement l'endroit. Deux verrières illuminées se dessinaient nettement dans le noir, à l'arrière-plan. En approchant, Sinet entendit crier. Il se mit à courir, entraînant tous les autres sur ses talons.

La porte était ouverte. L'inspecteur dégaina son revolver et fonça tête baissée dans l'enfilade lumineuse des ateliers, au fond de laquelle retentissait un grand vacarme entrecoupé de hurlements suraigus.

Le spectacle du magasin saccagé lui apparut soudain dans une lumière trouble et fumeuse. Au premier plan, Marion, la fillette de Mme Fabert, regardait curieusement vers un coin de la salle. Sinet tourna la tête et vit une meute de chiens haletants, surexcités, rageurs, qui grouillaient confusément dans la pénombre en poussant de sourds grognements. C'était de ce coin que montaient les hurlements. Au fond, derrière la claire-voie défoncée, Gaby et ses camarades se démenaient comme des pantins au milieu d'un amas de saletés multicolores, s'ouvraient un chemin à grands coups d'épaules en faisant dégringoler des piles entières de cartons, tirant derrière eux des flots de serpentins, crachant des confetti, déchirant les haillons de papier qui se prenaient dans leurs jambes.

Marion se retourna brusquement. Elle ne parut pas trop surprise en voyant surgir les gens du commissariat.

« Ils sont là ! dit-elle simplement à Sinet en lui montrant les chiens acharnés.

— Qui ? hurla Sinet complètement abasourdi.

— Les voleurs, dit Marion avec un sourire entendu, les voleurs du cheval... »

Et elle se planta deux doigts dans la bouche.

Son coup de sifflet vibrant parut cingler les chiens. Ils sautèrent de côté et se groupèrent docilement autour d'elle, la tête levée, leurs yeux fous brillant comme des escarboucles.

« Tchi ! » fit Marion.

Elle étendit les bras, repoussa lentement les chiens à l'autre bout de l'atelier, les parqua dans un coin, apaisa d'une caresse les plus mécontents. Cela valait mieux : dans l'état où ils étaient, les chiens auraient pu se régaler aussi bien d'une paire d'agents en uniforme.

« Je les tiens maintenant, dit-elle à Sinet. Vous pouvez ramasser tranquillement vos voleurs. Ils ont leur compte... »

Les agents trouvèrent cinq hommes accroupis contre le mur, le cou rentré dans les épaules, les vêtements réduits en charpie, si mal en point qu'il fallut les prendre à bras-le-corps pour les remettre debout. Sinet ramassa quatre beaux pistolets par terre ; ils n'avaient pas dû servir à grand-chose, car on se portait à merveille dans le camp des gosses et celui des chiens. Il ricana sans pitié en avisant les mollets nus de Roublot. Pépé et Pas-Beau avaient le visage en sang, les mains et les avant-bras déchirés par les morsures. Les deux autres gémissaient à voix basse, pliés en deux, en se tâtant les cuisses et le postérieur.

Tandis qu'on passait les menottes à ce joli monde, l'inspecteur s'en prit à Gaby.

« Vous avez fait du propre ! s'écria-t-il en montrant le magasin mis à sac et les portes défoncées.

— Non, mais ! riposta le grand, tout rouge de colère. Ces brutes nous ont canardés à travers les barreaux...

— Comment êtes-vous entrés dans la fabrique ?

— Tiens ! nous avions la clef. Eux ne l'avaient pas. Il faut croire que ce coin les intéressait rudement, puisqu'ils nous ont suivis jusqu'ici pour nous disputer la place. »

L'inspecteur ne put tirer de ses prisonniers qu'un chapelet d'injures et de grognements plaintifs. Il pénétra dans le magasin en enjambant tant bien que mal

les monceaux de camelote qui recouvraient le sol. Mélie Babin était restée dans le fond avec Tatave ; tous deux déblayaient fiévreusement la dernière allée.

« Nous ne retrouvons pas Bonbon ! lança Mélie aux autres. Venez nous aider... »

Sinet un peu inquiet accourut aussitôt pour leur donner un coup de main. Tous les gosses se joignirent à lui avec un empressement joyeux, sauf Marion qui tenait à garder l'œil sur sa meute. Bondissant comme des chats dans l'amoncellement des cartons crevés, Gaby, Fernand, Zidore et Juan-l'Espagnol prenaient un plaisir fou à consommer le merveilleux ravage de la Manufacture Billette. Par hasard, l'inspecteur fit sauter d'un coup de pied le couvercle d'un grand carton. Un bambin blond et joufflu était couché de tout son long dans ce petit cercueil, le bras levé, braquant sur Sinet un gros revolver.

« Si tu bouges, je te tue ! » dit Bonbon en fermant un œil.

Sinet l'attrapa sans façon par une jambe et le remit tout gigotant à ses aînés.

« Videz les armoires, leur dit-il. Flanquez-moi toute cette camelote en bas. Il faut trouver...

— Trouver quoi ? fit Gaby d'un ton goguenard. Est-ce gros ? Est-ce petit ?

— Cela dépend, fit vaguement l'inspecteur. Pour moi, c'est une chose qui doit sauter aux yeux dans un tel ramassis de saletés... Cherchez ! »

Les garçons s'en donnèrent à cœur joie.

En déblayant l'autre coin, Sinet avisa l'entrée de cette pièce obscure que Marion interdisait aux petits. La lumière du magasin n'y arrivait pas. Il alluma sa torche et fit quelques pas dans le réduit. Le faisceau lumineux lui découvrit des vestiaires en tôle, une rangée de lavabos poussiéreux, une petite lucarne grillagée ouvrant sur la cour.

Sinet avança encore, puis ses talons dérapèrent tout à coup sur une matière élastique et soyeuse qui matelassait le sol à cet endroit. Il faillit tomber, se rattrapa à tâtons contre une armoire, et, dans ce mouvement, le rayon de sa lampe balaya largement le plancher.

« Aâââh ! » cria l'inspecteur Sinet à pleine gorge.

Son rugissement fit accourir Lamy, deux agents et tous les gosses. Le policier se tenait debout au milieu du réduit, les bras ballants, la bouche ouverte, enfonçant jusqu'aux chevilles dans une couche de billets de banque qui miroitait confusément sous le rayonnement mobile des torches.

À côté de lui, d'une armoire ouverte à deux battants, les liasses glissaient lentement par l'ouverture d'un grand sac gris, s'amoncelaient à ses pieds avec un bruit très doux. L'armoire était pleine. Le sac, en équilibre sur la pile, acheva de se vider, puis tomba sur le sol.

Lamy compta les autres : il y en avait onze.

« Je n'y crois pas, fit Sinet d'une voix étranglée.

— Moi non plus ! » dit Lamy en déplombant le sac du dessus avec son canif.

Une nouvelle cascade de liasses coula sur le sol avec un frou-frou soyeux ; certaines se défaisaient sous le choc, et les beaux billets neufs s'étalaient mollement en éventail. Les deux policiers se regardèrent dans le blanc des yeux.

« Les cent millions du Paris-Vintimille ! » murmura Sinet éperdu de bonheur.

Il se retourna et vit soudain les gosses qui pressaient leurs visages étonnés devant la porte.

« Approche ! » dit-il à Gaby.

Le grand s'avança d'un bon pas, sans égards pour cette fortune qu'il foulait de ses croquenots ferrés. L'inspecteur lui serra le cou à deux mains et se mit à le secouer brutalement.

« Il y a deux ou trois jours que vous rôdez dans cette baraque, lui cria-t-il en pleine figure, et pas un d'entre vous n'a eu l'idée de fouiller cette pièce !... Vous n'aviez pas vu ces billets, non ?

— Bien sûr, qu'on les a vus ! répondit tranquillement Gaby. Et après ?

— Et après ? hurla l'inspecteur. Tu ne pouvais pas venir me trouver pour me raconter ça, non ? »

Gaby, ahuri, se retourna vers ses camarades comme pour implorer leur aide. Marion fit quelques pas vers l'inspecteur, les yeux écarquillés, comme une somnambule.

« Mais, monsieur l'Inspecteur, lui dit-elle d'une voix étouffée, il y en avait trop. On a cru qu'ils étaient faux. Comme tout le reste... »

L'inspecteur Sinet se sentit désarmé par tant de candeur. Il lâcha brusquement Gaby et ne trouva rien à dire.

« Qu'est-ce qu'on fait des billets ? demanda Lamy.

— Prends trois hommes avec toi et transporte les sacs pleins jusqu'à la fourgonnette, répondit Sinet. Les gosses ramasseront tout ce qui traîne et rempliront les deux sacs vides. Je reste là pour surveiller le travail... »

Tous s'y mirent aussitôt, du plus grand jusqu'au plus petit. Gaby, furieux, raflait cette paperasse par brassées, la bourrait dans les sacs à grands coups de poing.

« Des voleurs, nous ?... Sans blague !

— Je n'ai pas dit ça, protesta Sinet un peu ennuyé. Mets-toi un peu à ma place, petit ! On cherche ces cent millions aux quatre coins du pays et ils sont là, dans mon secteur, à Louvigny-Triage ! Il y a de quoi devenir fou...

— Cent millions ! répétait Lamy d'un air égaré en jetant un sac sur son épaule. Les cent millions du Paris-Vintimille... »

Le petit Bonbon cueillait les billets un à un, les retournait délicatement pour en examiner le recto et le verso, les laissait tomber dans le sac en levant ses yeux hardis vers l'inspecteur.

« Est-ce qu'on ne pourrait pas en garder un ou deux ? lui dit-il enfin avec un aplomb stupéfiant. Dans le tas, cela ne se verrait pas... »

L'inspecteur Sinet s'étrangla de colère :

« S'il en manque un seul, rugit-il, je vous ferai tous fourrer au bloc, bande de pirates ! »

Les dix courbaient le front sous l'orage, mais les filles pouffaient à la dérobée. Bonbon éclata en sanglots devant l'inspecteur à la grosse voix. Un peu honteux de sa brusquerie, Sinet essaya d'arranger les choses :

« On vous en donnera un ou deux à chacun, peut-être plus, je ne sais pas, moi ! dit-il plus doucement. Il faut d'abord que la banque recompte la somme. Elle accordera sûrement une grosse récompense et vous aurez droit à la distribution, c'est normal ; mais il faut attendre... »

Un agent effrayé se précipita tout à coup vers le réduit.

« Viens t'occuper de tes chiens ! cria-t-il à Marion. Ils recommencent à s'agiter. »

Marion trouva ses soixante bêtes dispersées dans l'atelier, en train de faire passer leur rage sur les reliques de la Manufacture Billette. Le spectacle était magnifique : les chiens pris de frénésie couraient comme des rats sous la masse des papiers froufroutants, plongeaient rageusement au milieu des accessoires, surgissaient avec une collerette autour du cou, une longue barbe dans la gueule, se disputaient en grondant un crocodile en carton, jouaient à se faire des peurs subites, tout cela dans un épais nuage de poussière fauve, avec de sourds grondements de gorge qui remplissaient l'atelier d'une rumeur de ménagerie.

« Ce n'est rien, dit Marion en riant. Ils se détendent un peu. Je vais les calmer... »

Elle siffla entre ses dents, et tout rentra bientôt dans l'ordre. Sinet surgissait du magasin avec les enfants, portant le dernier sac.

« La place est nette, dit-il à Lamy avec satisfaction. À tout hasard, nous reviendrons demain pour une dernière vérification... Occupons-nous maintenant de cette racaille. »

Il montrait les cinq malabars prostrés au fond de l'atelier, menottes aux mains, sous la surveillance du brigadier et de ses hommes. Tassart ouvrant la marche, Sinet et Lamy les firent défiler un par un en les dévisageant sous le nez.

« Le renard et le bouledogue ! fit Sinet étonné en voyant passer Pépé et Pas-Beau. La petite Fabert avait raison... Et le Pas-Beau n'est vraiment pas beau ! »

Gaby et les siens regardaient, un peu à l'écart. Le grand Pas-Beau allait sortir, poussé par un agent. Au passage, il se tourna légèrement et lança entre ses dents une insulte ordurière à l'adresse des gosses.

Fernand se rua sur lui, la tête en avant, le renversa sur le sol et se mit à lui marteler le visage avec ses deux poings en hurlant :

« Où est le cheval ?... Où est le cheval ?... Où est le cheval ? »

Sinet et les autres durent maîtriser le garçon qui s'acharnait furieusement en répétant sa question d'une voix frémissante. L'inspecteur avait pâli, impressionné par cette rage soudaine qui lui découvrait enfin ce côté touchant de l'histoire qu'il avait un peu négligé dans ses méditations policières.

« Il ne faut pas te mettre dans des états pareils ! lui dit-il doucement. On le retrouvera, ton cheval !

— Vous l'avez déjà dit, sanglota Fernand, et nous attendons toujours. Pourtant, sans le cheval, nous ne serions pas ici ce soir et vous pourriez toujours courir après vos millions !

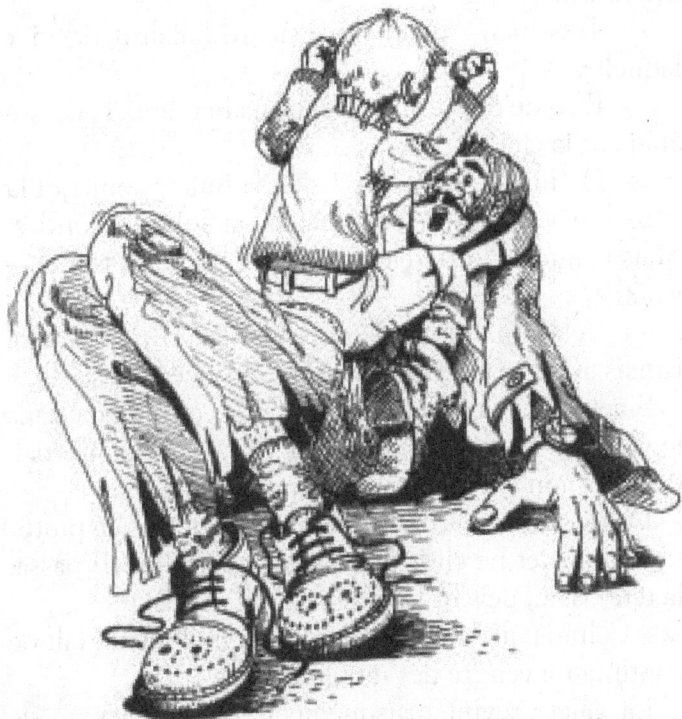

— Comment cela ? fit Sinet étonné.

— La clef était dans le cheval, avoua Fernand. Les autres le savaient ; ils ont volé le cheval, mais ils n'ont rien trouvé.

— Non ? fit Sinet de plus en plus intéressé.

— Non ! répéta Fernand. Papa et moi, nous avions vidé le cheval quelques jours avant. La clef, Papa l'a mise de côté sans y faire attention. Et puis, un jour, les amis et moi, nous avons pensé qu'elle devait forcément ouvrir une porte...

— Très bien ! dit Sinet. Encore fallait-il deviner laquelle...

— Rien de plus simple, continua Fernand, l'adresse était sur la clef.

— De mieux en mieux ! s'écria Sinet, pour qui la situation venait de s'éclairer en quelques secondes. Mais comment cette clef est-elle venue dans ton cheval ?

— Cela, dit Fernand en reniflant, on ne le saura jamais. Mais peut-être avez-vous une idée là-dessus... »

Sinet se passa la main sur la figure et regarda dans le vide. La seule fois où il avait vu ce cheval infernal, c'était... non ! Il en avait assez pour ce soir.

Le dernier à sortir fut Roublot, qui faisait plutôt triste mine et ne cherchait pas à crâner, lui ! Il passa, la tête basse, devant les gosses goguenards.

« Celui-là, fit Mélie sans pitié, il aurait mieux fait de continuer à vendre des moulinettes. »

La gaieté revint brusquement. Le long visage de

l'inspecteur Sinet s'éclaira d'un étrange sourire en biais.

« Je vous emmène au commissariat, dit-il aux enfants. Ce ne sera pas long : vous raconterez toute l'histoire à M. Blanchon et vous rentrerez tranquillement chez vous.

— J'espère qu'on ne va pas nous chercher des poux, dit Gaby d'un ton agressif. Nous n'avons rien fait de mal. Nous nous amusons à notre façon, c'est tout.

— Personne ne vous dira rien, lui assura l'inspecteur.

— Et mes chiens ? demanda Marion sans rire. Je les emmène avec moi ? »

L'inspecteur Sinet regarda cette curieuse fille avec une attention toute particulière. Elle n'avait pas encore douze ans ; ce n'était qu'une petite pauvresse, mais son regard tranquille avait un éclat qui donnait à réfléchir. Il valait mieux l'avoir de son côté.

« Renvoie-les chez eux, lui dit-il doucement, puisque tu sais si bien leur parler... »

Marion sourit.

« Je garde Fifi, dit-elle, il ne tiendra pas de place.

— Bon ! garde Fifi... »

Marion sortit la dernière, contenant les chiens qui se montaient dessus comme des fous pour être plus près d'elle. Elle les conduisit en silence jusqu'au fond de l'allée transversale et les arrêta devant l'étendue ténébreuse du Clos Pecqueux.

« Allez ! dit-elle en tapant dans ses mains. Tchi-tchi-tchi ! »

Devant les policiers stupéfaits, la meute se dispersa en quelques bonds et s'évanouit silencieusement dans l'ombre.

8

Le sixième homme

Il n'y eut pas d'histoires, en effet, mais beaucoup de dérangements. D'abord trois voyages assez divertissants jusqu'à Paris, pour répondre aux questions du juge d'instruction qui s'occupait de l'affaire. Bien entendu, l'inspecteur Sinet était chargé de convoyer les gosses à la Préfecture de police, et la corvée ne lui plaisait guère. Malgré son trench-coat vert bouteille, son chapeau avachi et sa tête de cheval cabochard, il avait l'air d'un instituteur en balade avec les premiers de sa classe. Dans les couloirs, ses collègues se retournaient en rigolant sur son passage. Chaque fois, les gosses mettaient leur plus beau costume, mais la mode enfantine n'est pas la même à Paris qu'à Louvigny-Triage, et Sinet enrageait de trimbaler derrière lui ces dix mômes ficelés comme l'as de pique.

Le juge d'instruction posait des questions bizarres, relatives à des événements qui n'avaient aucun rapport avec l'histoire du cheval. Gaby, Fernand et Zidore l'y ramenaient avec un entêtement malin qui ne faisait qu'embrouiller le magistrat et le plongeait dans des accès de colère noire.

« Je ne veux plus entendre parler de ce cheval ! rugissait-il en frappant sur son bureau. Ce qui m'intéresse, c'est de découvrir l'identité du sixième homme. Nous tenons cinq de ces chenapans, mais il y en a un qui court encore, et celui-là, vous l'avez peut-être vu...

— Ils étaient cinq dans l'atelier le soir de la grande corrida, assurait bravement Gaby en écartant les doigts de sa main droite. Roublot, Pépé, Pas-Beau et les deux manteaux... Pas un de plus !

— Si mes chiens avaient mangé le sixième, il en serait sûrement resté quelque chose », ajoutait Marion avec un sourire angélique.

Les petits se gondolaient à l'arrière-plan, assis en rang d'oignon sur un grand canapé. Le greffier à demi mort d'un fou rire rentré devenait tout rouge devant sa machine à écrire.

« Réfléchissez bien, continuait le juge en se forçant à la douceur. Vous m'avez dit que ces hommes, avant le soir de l'arrestation, tournaient déjà autour de vous depuis un certain temps. Il y en a trois que vous avez bien remarqués, pour les avoir vus de tout près en plusieurs circonstances. Bon ! après coup, vous avez reconnu les deux autres qui se tenaient souvent, m'avez-vous dit, dans l'arrière-salle du Café Parisien. Parfait ! deux et trois font cinq. Il nous en manque un, et c'est celui-là qui m'intéresse particulièrement aujourd'hui. Ce sixième homme devait forcément vous surveiller d'assez près pour la même raison que les autres. L'avez-vous vu, oui ou non ? »

Les gosses secouèrent la tête en se regardant avec des yeux ronds. Seul le petit Bonbon leva la main d'un air décidé.

« Oui, je l'ai vu ! » déclara le petit Bonbon avec un sérieux impressionnant.

Le juge parut soulagé d'un grand poids ; il étendit les bras pour couper court aux protestations des plus grands, et ménager un silence favorable autour du bambin. À n'en pas douter, une révélation fulgurante allait sortir de cette bouche innocente.

« Qui était-ce ? demanda-t-il au petit Bonbon en prenant à dessein une voix de bon grand-père affectueux.

— Celui-là ! répondit Bonbon. On ne pouvait faire deux pas dehors sans l'avoir sur les talons... »

Et il tendit un doigt accusateur vers l'inspecteur Sinet, qui se morfondait à l'autre bout de la pièce. Une tempête de rires s'éleva dans le bureau. Le greffier explosa. La vieille secrétaire et les policiers chevronnés assis autour du juge se plièrent en deux, en voyant le visage atterré de l'inspecteur Sinet. Le malheureux

se tassait sur son siège, maudissant le jour où les dix enfants de la rue des Petits-Pauvres avaient franchi le seuil du commissariat central de Louvigny-Triage.

Le juge d'instruction sursauta derrière son bureau et foudroya l'inspecteur du regard.

« Tiens ! tiens ! fit-il d'un air soupçonneux. Pourquoi donc tourniez-vous autour de ces gosses ? »

Sinet désespéré leva les bras au ciel.

« Mais, monsieur le Juge ! s'écria-t-il, toujours à cause de cette histoire de cheval ! »

On y revenait fatalement !

Le greffier, la secrétaire, les policiers et les gosses se pâmèrent de rire une seconde fois. Le juge étouffait ; c'en était trop pour sa pauvre tête. Il sonna son huissier et mit tout le monde à la porte.

« Faut-il vous les ramener demain ? lui demanda timidement Sinet en groupant les gosses autour de lui avec des attentions de mère poule.

— Jamais ! hurla le juge exaspéré. Filez, et que je ne vous revoie plus ! »

Sitôt dehors, l'inspecteur sentit fondre toute sa rancune et se fendit généreusement d'une tournée de café crème et de croissants chauds. Toute la bande revenait gaiement à Louvigny par le train de six heures.

Sur la proposition de Gaby, et à l'unanimité des votants, les dix décidèrent de sacrifier les « polonais » de la semaine à venir, et c'est ainsi que, le dernier soir, Marion put glisser dans la main de l'inspecteur un étui de cinq gros cigares bagués d'or.

« C'est pour attendre la récompense », lui dit-elle gauchement, avec un sourire très doux.

Le pauvre homme en fut tout secoué. Les dix alignés sur l'escalier de la gare le regardaient avec une amitié fervente, une sorte de joyeuse complicité qui le rajeunissait d'un nombre respectable d'années.

L'inspecteur Sinet, qui ne riait jamais, se mit à rire convulsivement au souvenir des sottises et des humiliations de l'enquête.

« Le juge ! balbutiait-il entre deux hoquets. Oh ! ce juge... »

Et tous les autres riaient avec lui, et Marion encore plus fort que les autres, à cause de cette expression perpétuellement outragée qui donnait au juge une tête de dromadaire mécontent. L'inspecteur Sinet se tenait les côtes en songeant que plus rien n'avait d'importance, que les cent millions du Paris-Vintimille ne valaient pas un pet de lapin et que l'essentiel était d'en rire avec ces dix gosses.

« Le juge aurait fait une drôle de bobine s'il avait vu ça, dit Fernand en déballant le paquet qu'il transportait précieusement depuis trois jours. Je n'attendais qu'une occasion pour lui mettre sous le nez la tête du cheval... »

Et il exhiba précieusement l'objet.

L'inspecteur Sinet se tordit de plus belle et les gosses firent chorus.

La nuit était froide, un peu brumeuse, mais la foire du jeudi rayonnait encore sur la place, et l'inspecteur se trouva reporté soudain quinze jours en arrière, à la même heure, dans le même décor. Les forains commençaient à plier bagage, mais la foule circulait encore parmi les baraques et les tentes qui couvraient l'esplanade. Les lumières roses du Café Parisien brillaient entre les arbres morts. Rien n'avait changé ; il n'y avait que cette surprenante tête de cheval que Fernand tenait entre ses mains et dont le regard semblait narguer l'inspecteur.

Sinet écarta doucement les gosses et fit avec eux quelques pas vers la place. En approchant, Gaby, Fernand et Marion se montrèrent du doigt le coin vide où Roublot dressait habituellement son éventaire de camelote.

« J'étais posté là, derrière la tente du poissonnier, fit Sinet d'une voix absente. L'autre est passé tout près de moi, dans les lumières du café. Il avait l'air de chercher quelqu'un. Et puis, tout à coup, il m'a vu et il a fait un crochet brusque sur l'esplanade sans avoir l'air de rien.

— Roublot aussi vous avait vu, dit Marion. Il avait très peur... Cela nous a tous frappés.

— Vous avez suivi l'homme, ajouta Gaby. Je vous ai vus passer tous les deux entre les baraques. L'homme allongeait le pas, vous aussi. »

Les yeux écarquillés, les enfants de la rue des Petits-Pauvres observaient l'inspecteur Sinet, et tous semblaient l'encourager dans ce patient effort de reconstitution.

« Nous sommes arrivés l'un derrière l'autre sur la pelouse du petit square, reprit Sinet en se tournant légèrement pour montrer l'endroit. C'est à ce moment que l'homme a démarré. Il a sprinté comme un fou, la tête en avant, et puis, vlan ! en tournant le coin de la rue des Petits-Pauvres, il s'est étalé de tout son long sur ce cheval que vous aviez dressé contre le mur du jardinet. Moi, je suis tombé sur lui de tout mon poids, et j'ai cherché mes menottes...

— Ainsi, dit Marion, vous étiez trois par terre : vous, cet homme et le cheval, le cheval-sans-tête !

— Oui, le cheval-sans-tête ! répéta Sinet en regardant autour de lui avec l'air d'un homme qui vient de se réveiller. L'homme s'est débattu sous moi comme un démon, j'ai même encaissé dans la bagarre un bon pain sur la gueule. Puis, j'ai réussi à lui passer les menottes et j'ai sifflé. Tassart et ses deux agents sont arrivés presque tout de suite...

— Nous n'avons pas entendu le coup de sifflet, dit Fernand. Il y avait trop de bruit sur la place. Pourtant, nous avons remarqué tout à coup que Roublot venait de quitter précipitamment son éventaire. Où était-il à ce moment-là ? »

L'inspecteur Sinet se gratta la nuque.

« Il n'y avait personne au coin de la rue des Petits-Pauvres, continua-t-il. Du moins, je n'ai vu personne en me relevant ; mais tu es dans le vrai, petit ! Roublot ne devait pas être loin. Il faut admettre que quelqu'un nous a vus par terre tous les trois, l'homme,

le cheval et moi, sinon les cent millions du Paris-Vintimille ne seraient jamais sortis de la Manufacture
Billette... Un seul homme pouvait connaître leur
cachette, un seul ! celui que j'ai arrêté ce soir-là, ce
voyou du Petit-Louvigny qu'on recherchait depuis
deux mois pour une autre histoire.

— Et c'est lui le sixième homme ! acheva Marion
en regardant l'inspecteur dans les yeux.

— Oui ! dit Sinet, c'est lui le sixième homme. Un
nommé Mallart...

— Où est-il ? » demandèrent les dix gosses.

L'inspecteur éclata de rire :

« Il est en prison depuis quinze jours ! »

Vingt secondes plus tard, il tournait au pas de course
le coin de la Grand-Rue et filait vers le commissariat
central. Les gosses restèrent plantés au fond de l'esplanade, un peu déçus par cette retraite précipitée.

« Je n'y comprends rien, fit Mélie en tournant sa frimousse blonde et rose vers les plus grands.

— Il n'y a plus rien à comprendre, lui dit Gaby
d'un air moqueur. Tout s'explique maintenant : c'est
le sixième homme qui a mis la clef dans le cheval, cette
clef qui valait cent millions.

— Pourquoi l'y a-t-il mise ? insista Mélie.

— Il n'avait pas le choix, dit Fernand. L'inspecteur
était à califourchon sur son dos, et l'homme tenait à
se débarrasser de cette clef qui représentait cent millions. Il a vu le cheval couché près de lui, avec le trou
noir de son cou. Il a fourré la clef dans le trou, et tout

a été dit. C'est à partir de ce moment que les embêtements ont commencé pour nous...

— Cet imbécile aurait mieux fait de la jeter dans le ruisseau ! soupira Mélie. Le pauvre cheval n'aurait pas trinqué. »

Il y eut ensuite les journalistes. L'affaire avait eu un retentissement énorme à travers le pays et l'on ne pouvait déplier un quotidien sans voir le nom de Louvigny imprimé en grosses lettres dans le haut de la première page.

« Forcément ! disait Gaby à ses camarades, cent millions, vous pensez ! ça intéresse le populo... Les gens se monteraient dessus rien que pour voir à quoi ressemble un tel tas de pognon : dix mille billets de dix mille francs empilés les uns sur les autres. Nous, on les a vus, les cent millions. Eh bien ! ça n'a rien de formidable, il n'y a vraiment pas de quoi tomber raide. Quant au cheval, bernique ! personne n'en parle. Les gens se moquent bien d'un pauvre canasson sans queue ni tête, et c'est encore nous qui sommes lésés dans l'histoire... »

Des photographes arpentaient inlassablement la rue des Petits-Pauvres, le chemin du Ponceau ou celui de la Vache Noire, à l'affût d'un cliché sensationnel. Dix ou douze fois par jour, les gosses étaient dérangés chez eux, voire accostés à la sortie de l'école par des reporters arrogants et sûrs d'eux-mêmes qui se mettaient en devoir de leur tirer les vers du nez.

Ainsi, le jour où l'équipe de *France-Midi,* une douzaine d'hommes en tout, dont deux chroniqueurs judiciaires, entreprit d'arracher à ces innocents une information sensationnelle, susceptible de relancer le gros tirage des jours précédents. Sans s'être consultés, et du plus petit jusqu'au plus grand, les gosses devinèrent instinctivement qu'on leur tendait un piège : il y avait déjà six coupables sous les verrous, ce n'était pas assez pour cent millions. Le grand gâteau avait peut-être régalé d'autres convives qu'il importait de faire sortir de l'ombre.

Et c'est pourquoi ces messieurs posaient aux gosses toutes sortes de questions venimeuses sur la disposition des ateliers dans la Manufacture Billette, le stockage des sacs postaux, l'épaisseur ou la solidité des liasses, et la façon dont le ramassage final avait été fait. À ces fausses gentillesses appuyées de caresses et de sourires, les dix répondirent par des naïvetés.

Les journalistes déconcertés s'interrogèrent du regard.

« Rien à faire ! dit l'un d'eux. Ils ne veulent pas nous aider...

— Nous ne demandons que cela ! protesta Gaby. Mais pourquoi tournez-vous ainsi autour du pot ? Si vous avez une petite question qui vous démange le bout de la langue, ne vous gênez pas : posez-la carrément à chacun d'entre nous. »

Le journaliste se retourna brusquement, espérant surprendre le plus faible de tous.

« *Combien en as-tu pris ?* » demanda-t-il sèchement à Bonbon.

Bonbon ne dit rien. Il releva la tête, regarda sans ciller le monsieur, enfonça les mains dans ses poches, puis les retira très lentement, ramenant chaque doublure entre le pouce et l'index. Une bille tomba sur le pavé, avec un faux nez rouge et un mouchoir sale ; un berlingot poussiéreux resta collé sur la doublure gauche. C'était tout. Bonbon pinça les lèvres et lâcha un petit coup de trompette.

« Et toi ? »

À son tour, Tatave montra le fond de ses poches et laissa tomber un sou percé d'avant-guerre, un bout de crayon, une boîte de cachous vide.

Zidore fronça les sourcils et tira d'un coup sec sur ses deux poches, produisant de chaque côté de sa culotte un petit nuage de poussière noire d'un effet diabolique. Rien d'autre.

« Et toi, le grand ? »

Comme Bonbon, Gaby fit durer le plaisir. Il tira très doucement sur ses poches et sema ses trésors avec désinvolture : cinq mètres de ficelle, trois belles pommes de terre réservées pour le « Club » et un crapaud, qui n'éclata pas.

Juan-l'Espagnol retourna sans honte deux poches vides et trouées, dont l'une était deux fois plus courte que l'autre. Le journaliste s'obstina, mais il avait l'air

un peu mal à l'aise. Il arriva devant Marion. La fille aux chiens, trésorière de la bande, avait toujours quelques francs sur elle, mais pas ce jour-là : les cigares de l'inspecteur Sinet avaient tout mangé. Elle retourna lentement les grandes poches de sa veste d'homme, fit tomber deux bouts de sucre et un croûton de pain tout desséché. Fifi, qui était là, sauta sur le sucre. Marion, les yeux baissés, riait en regardant le petit chien jaunet croquer son sucre.

Fernand portait son costume des dimanches ; il exhiba deux doublures blanches, bien repassées, qui se maintinrent toutes raides comme deux ailerons. Berthe et Mélie n'avaient pas de poches. Elles se contentèrent de tirer la langue en louchant sur le mufle. Criquet Lariqué roulait ses yeux blancs au bout de la file. « J'ai deux millions sur moi et je suis bien embêté », racontait le petit Criquet avec ses yeux. Ce n'était qu'une feinte. Il n'avait pas plus de poches que Berthe et Mélie. Pour faire durer la culotte un peu plus longtemps, sa mère les avait cousues bord à bord. Pourtant, il lui fallait faire quelque chose pour prouver magistralement son innocence, et Criquet fit mieux que tous les autres réunis : il pivota sur les talons, baissa la tête en retroussant son chandail à deux mains, et montra son maigre petit postérieur à ces messieurs du journal.

« Pendant que vous y êtes, leur lança Gaby d'une voix gouailleuse, prenez donc un cliché ! Les amis vont garder la pose... »

Les journalistes n'osèrent point.

« Il ne faut pas nous en vouloir, dit le plus vieux. Nous faisons notre métier...

— Je comprends, fit Gaby, bon garçon. Mais vous n'auriez pas dû vous donner tant de mal... Vous ne connaissez donc pas la dernière nouvelle ?

— Non.

— Il y a une demi-heure à peine, la radio annonçait quelque chose de passionnant : le juge d'instruction a fait procéder au comptage des cent millions devant les représentants de la banque.

— Et alors ?

— Trois équipes de caissiers ont compté la somme à tour de rôle et sont arrivées au même résultat : cent millions...

— Cent millions tout ronds et tout nets ? firent les journalistes d'un air incrédule.

— Non ! acheva Gaby, et c'est là le plus drôle : cent millions et un sou !

— C'est moi qui avais mis le sou – pour rire ! déclara Tatave tout réjoui... Et ils l'ont compté ! Je leur en fais cadeau : je n'en suis pas à un sou près. »

Et d'un seul coup, tous ensemble, les garçons renfilèrent leurs poches à l'intérieur des culottes. Les journalistes exaspérés partirent très vite et très en colère, comme Roublot le matin où les gosses lui avaient fait évacuer le marché du jeudi. Le crapaud de Gaby leur péta sous les talons...

On pensait avoir la paix, mais ils revinrent le lendemain, encore plus nombreux et plus tyranniques. Heureusement, l'un d'eux eut une idée géniale.

« Ce qu'il nous faudrait, dit-il aux enfants, c'est une photo de votre groupe au milieu du Clos, avec tous les chiens réunis autour de vous... Est-ce que c'est possible ?

— Et comment ! » répondit Marion, qui attendait cette exigence depuis plusieurs jours.

Reporters et photographes enthousiasmés prirent position au milieu du Clos Pecqueux, tandis que les gosses escaladaient les flancs rouillés de la Vache Noire. Marion siffla.

Les chiens vinrent de tous côtés, dans les deux minutes qui suivirent. Une bonne centaine, en gros, car il faisait grand jour et ceux de la ville étaient de sortie. Ils sautèrent de bon cœur sur les chasseurs d'images et leur firent un brin de conduite le long de la Nationale. On ne revit plus jamais les journalistes à Louvigny-Triage.

9

Une histoire de brigands

C'est à la mi-janvier seulement que la bande put se réunir au « Club ». Depuis deux jours, il faisait bigrement froid, on ne savait que faire dehors, et les dix retrouvèrent avec joie le sombre hangar de la scierie illuminé par un feu crépitant.

« Doucement ! disait Gaby pour modérer le zèle des chauffeurs bénévoles, sinon la vieille alertera directement les pompiers sans passer par Sinet... »

On avait bien fait les choses : vingt pommes de terre choisies cuisaient à l'étouffée sous la cendre. Les filles se relayaient pour tourner une grande cuiller en bois dans la casserole, où mijotait un chocolat qui avait coûté à tous d'effroyables sacrifices.

« Il n'est pas très crémeux, mais il aura du goût »,
disait Marion en humant ce brouet noirâtre.

Comme il n'y avait plus rien à craindre de personne,
elle avait laissé Butor et Fanfan dans leur cour à Louvigny-Cambrouse. Fifi assurait seul la surveillance du
secteur ; mais il avait trop à faire avec les rats, mulots
et souris du voisinage pour prendre sa tâche au
sérieux. Aussi les gosses furent-ils un peu saisis en
voyant une grande ombre surgir lentement dans le
halo rougeâtre du foyer.

L'inspecteur Sinet s'avança vers le feu, les mains
enfouies dans les poches de son trench-coat vert bouteille, son chapeau baissé sur les yeux.

« Je suis venu vous raconter une histoire de bri-
gands, dit-il d'une voix maussade. Les fripons ont fini
par se mettre à table, et maintenant nous savons tout...

— Vraiment ? fit Gaby. On sait comment les cent
millions ont échoué dans la Manufacture Billette... ?

— Oui, on sait cela et beaucoup d'autres choses »,
affirma Sinet en reluquant à la dérobée la casserole de
chocolat.

Le petit Bonbon lui céda volontiers sa place et se
serra contre Criquet Lariqué. L'inspecteur s'assit dans
le cercle des dix avec un immense plaisir. Il déboutonna son imperméable, tendit frileusement les mains
vers le brasier.

« On est bien ici, dit-il en regardant autour de lui.

— Nous allions justement déguster un chocolat

maison, lui dit Marion en souriant. Vous allez le goû-
ter...

— Je ne dis pas non, répondit Sinet. Il fait un temps
à ne pas mettre un chat dehors... »

Marion remplit équitablement les timbales, que
Berthe et Mélie servirent à la ronde. Sinet prit la sienne
et mit aussitôt le nez dedans.

« Il ne serait pas meilleur à la boulangerie Macherel, dit-il en faisant claquer sa langue.

— Nous avons mis un peu de tout dans la casserole,
lui avoua Marion, même une barre de nougatine aux
noisettes. Le fond doit être encore meilleur. Et puis ce
petit goût de fumée n'est pas désagréable. »

Sinet but à petits coups, très lentement. Les dix le
regardaient avec amitié, attendant son histoire de bri-
gands.

« Ils étaient six dans le coup, commença l'inspecteur, les quatre plus courageux pour faire le gros travail, les deux plus froussards pour réceptionner la
marchandise. Une affaire comme celle-là ne se monte
pas en quelques jours. Les quatre ont donc circulé
pendant huit mois entre Paris et Vintimille, à toute
heure du jour et de la nuit, avant de trouver un bon
truc pour se glisser sans trop de grabuge dans un fourgon postal. Tout étant prévu de ce côté-là, il restait un
point délicat à régler : comment faire pour prendre le
large à la fin de l'opération ? On ne transporte pas cent
millions en espèces dans un portefeuille en maroquin.
Nos fripons conviennent donc de se débarrasser de la

marchandise en cours de route, mais il leur semble bien hasardeux de balancer les sacs postaux en rase campagne, d'un rapide filant à grande vitesse. C'est alors qu'intervient le nommé Mallart : il connaît parfaitement cette courbe de Louvigny-Triage que les trains ne peuvent aborder qu'à vitesse très réduite ; il sait aussi que la voie montante surplombe directement la partie déserte du chemin du Ponceau, une tranchée obscure où l'on peut évoluer en toute sécurité pendant la nuit. Le plan de l'opération est donc établi de la façon suivante : 1°) Occupation du fourgon postal à partir de Dijon, dernier arrêt du rapide avant Paris ; les ambulants seront endormis sans douleur suivant la méthode de l'estimable M. Schiapa, le chef de la bande, qui est expert en la matière. 2°) Réception des sacs à Louvigny-Triage ; Mallart les stockera dans une maisonnette du Faubourg-Bacchus louée à cet effet. 3°) À l'aube, Roublot vient prendre livraison des sacs avec sa fourgonnette, repart avec Mallart, et tous deux retrouvent les quatre malabars de l'autre côté de Paris, dans un pavillon de Pierrefitte choisi pour le regroupement de la bande et le partage du butin... Bon ! Il y a quatre semaines environ, tout le monde était donc sous les armes, attendant le signal de Schiapa, qui recevait de précieuses informations sur les chargements de valeur en transit sur cette ligne. Cantonnés à Louvigny, Roublot et Mallart évitaient de se montrer ensemble, car il y avait de gros risques à courir. Le mercredi 18 décembre, dans l'après-midi, Mallart reçoit la dépêche convenue : *"Mimosas expédiés ce jour même par 164, stop. Assurer sans faute réception réexpédition rapide, stop. Signé Horticoop, Nice."* Mallart, qui surveille le trafic depuis quinze jours, a noté que le 164 aborde Louvigny vers minuit moins un quart, avec un battement de deux à trois minutes. Tout est bien, c'est une bonne heure ; mais les ennuis vont commencer à partir de ce moment-là. En effet, en poussant une ultime reconnaissance sur le chemin du Ponceau, Mallart s'aperçoit avec ennui qu'on a clôturé entre-temps la partie du chemin où doit s'effectuer la livraison des mimosas. Ce n'est qu'une palissade légère, facile à escalader, mais cet obstacle l'obligera à garer sa camionnette en vue du petit tunnel, d'où débouchent de temps en temps quelques cheminots attardés. De plus, il lui faudra faire plusieurs voyages pour transborder les colis du fond du chemin jusqu'à sa voiture. Mallart, qui est aussi prudent que peureux, se dit aussitôt que ce travail lui prendrait un certain temps et qu'il vaudrait mieux l'exécuter à deux. Il essaie de contacter le camelot pour lui demander un coup de main. Pas de Roublot ! Celui-ci a reçu lui aussi la dépêche de Schiapa, et il se terre en attendant l'heure H. Le temps presse. Mallart angoissé n'entrevoit qu'un moyen de s'en sortir à moindres risques : stocker la marchandise sur place, dans une des bâtisses du Clos Pecqueux. La nuit est longue en hiver ; il aura le temps de retrouver Roublot, et tous deux reviendront chercher les colis quelques heures plus tard en prenant les précautions nécessaires. À tout hasard, en fouillant les cabanes à outils du chantier de démolition, Mallart met la main sur un trousseau d'une douzaine de clefs, qui ouvrent les hangars de l'entrepôt César-Aravant et les fabriques abandonnées au fond du chemin. Il n'y a que l'embarras du choix. Mallart détache la clef de la Manufacture Billette, qui est la plus écartée, il visite les lieux et se frotte les mains : la cachette est superbe ! À la rigueur, elle pourra servir plusieurs jours de suite en cas d'ennuis...

— Nous y sommes ! » murmura Gaby extasié.

Tous les gosses étaient suspendus aux lèvres de l'inspecteur et l'écoutaient passionnément raconter cette histoire dans laquelle ils avaient joué un rôle. Le petit Bonbon ne comprenait pas tout : il se demandait pourquoi le nommé Mallart avait reçu douze sacs de billets de banque, alors que le télégramme annonçait des mimosas.

« À minuit moins un quart, reprit Sinet, le Paris-Vintimille aborde lentement la courbe du Triage. Mallart est à son poste, les yeux écarquillés dans le noir, n'osant croire encore au succès. Il n'a pas le temps de voir grand-chose, mais les douze sacs gris dégringolent tout à coup du remblai et s'abattent à ses pieds dans la boue du chemin. C'est fait ! Cinq minutes lui suffisent pour mettre les sacs à l'abri, dans ce vestiaire de la Manufacture Billette où nous les avons trouvés. Il regagne ensuite sa maisonnette du Faubourg-Bacchus et attend Roublot, comme convenu. S'il est en avance, tous deux auront le temps de déménager les sacs avant le jour. La nuit se passe. À six heures du matin, Roublot n'est pas encore là, et il ne viendra pas ! Comme Mallart, Roublot a eu son petit coup de malchance : une convocation à la Préfecture de police qu'il a trouvée en rentrant chez lui. Dans son affolement, ce gros froussard croit déjà que tout est découvert. Mais le délit n'a pas encore été consommé, pour ainsi dire. Il laisse tomber son rendez-vous, file à Paris pour s'assurer un alibi de tout repos, et le lendemain, à la première heure, il se présente à la Préfecture. Erreur ! on le convoquait tout simplement pour une histoire de permis forain à renouveler. Roublot reprend son sang-froid, file à Louvigny et ne trouve personne devant la maisonnette du Faubourg-Bacchus, car depuis le matin Mallart, désespéré, tourne en rond dans la ville à la recherche de son complice. Finalement, le camelot décide de monter son éventaire comme d'habitude sur l'esplanade de la gare et d'attendre les événements en débitant son boniment. Si Mallart rôde dans les parages, il ne pourra manquer de l'apercevoir. Vers quatre heures, un des garçons du Café Parisien vient prévenir Roublot qu'on le demande au téléphone. C'est Mallart, qui lui parle d'un bar du Petit-Louvigny. Il commence par engueuler vertement son complice défaillant, puis lâche la grande nouvelle : les mimosas sont bien arrivés, mais il y a eu un petit changement dans le programme. "Où sont-ils ?" demande Roublot, inquiet. "Dans un endroit sûr, répond Mallart, j'ai la clef sur moi. Inutile de donner l'adresse par téléphone. Attends-moi devant la gare. Je suis là dans un quart d'heure."

— Et c'est à ce moment-là que nous sommes arrivés, dit Fernand. Roublot se démenait comme un enragé pour vendre ses moulinettes. En fait, il attendait Mallart.

— Moi aussi, je l'attendais, poursuivit Sinet en riant. Le commissaire Blanchon venait de me signaler qu'on l'avait vu traîner en pleine Grand-Rue. Nous avions un mandat d'arrêt contre lui pour une histoire vieille de quelques mois, et je m'étais mis en chasse.

— À la même seconde, dit Marion, Roublot a vu Mallart surgir du chemin du Ponceau, et il vous a vu passer dans les lumières du Café Parisien. Il faisait un drôle de nez... »

Sinet hocha la tête.

« Ce Mallart est un garçon de vingt-deux ans et il a de bonnes jambes, dit-il doucement. Je ne l'aurais jamais rattrapé. Heureusement, votre cheval l'attendait au coin de la rue et il lui a donné un fameux croc-en-jambe.

— Le cheval n'aime pas qu'on le bouscule », murmura Zidore d'un air entendu.

Il restait un point à éclaircir.

« Ce que nous avions supposé l'autre jour était exact, continua Sinet. Roublot nous a suivis jusqu'au coin de la rue. Il a vu Mallart se débattre sous moi et glisser son avant-bras dans le cou du cheval. À partir de cet instant, votre cheval a valu cent millions pour ces imbéciles : *il était le seul à connaître la bonne adresse.* Mallart, bouclé, ne pouvait plus la communiquer à ses complices. »

Les gosses ravis s'agitèrent autour de lui.

« Roublot s'est retiré prudemment en voyant arriver Tassart et ses deux agents. Il a attendu notre départ pour récupérer la clef, mais nous n'avions pas tourné le coin de la rue des Alliés que deux d'entre vous surgissaient du Square.

— Marion et Fernand, dit Gaby. Et ils ne se sont pas laissé faire...

— C'est égal, déclara Marion en prenant toute la bande à témoin, si vous n'aviez pas arrêté le sixième homme à ce moment-là, les millions se seraient envolés avec lui et personne n'aurait couru après le cheval.

— Oui, dit Gaby avec admiration, c'est vous qui avez tout fait ! »

L'inspecteur baissa la tête, un peu gêné par cet hommage.

« Tout le reste, dit-il, vous le connaissez aussi bien que moi pour l'avoir vécu. Les quatre compères du rapide, alertés par Roublot, sont venus enquêter sur les lieux pour récupérer leurs cent millions. Ils n'avaient qu'un seul indice : la clef était dans le ventre d'un cheval-sans-tête qui descendait à heure fixe la rue des Petits-Pauvres. C'était une affaire bien embarrassante à régler, même pour de gros malins comme ceux-ci.

— Et ils ont avoué ? demanda Gaby.

— Pas tout ! répondit Sinet. Le coup des cent millions, d'accord ! ils en sont même assez fiers. Mais ils ne veulent pas entendre parler du cheval. Aucun ne l'a vu, aucun ne l'a touché. Le cheval les poursuit comme un remords. Même à distance, on dirait qu'ils en ont peur...

— Pourquoi ? demanda Fernand étonné.

— C'est une chose assez curieuse, expliqua Sinet avec un sourire très fin. Voyez-vous, mes enfants, ça les embête, ces hommes, d'avoir kidnappé le cheval. Ils se disent que cette petite lâcheté pourrait peser plus lourdement que le reste dans l'esprit de leurs juges. Le vol des cent millions, c'est réglé d'avance : ils trinqueront pour cela à parts égales. Mais ils n'ont pas envie de ramasser cinq ans de plus pour un cheval de quat'sous...

— Et ils n'ont pas voulu dire ce qu'ils avaient fait du cheval ? » demanda Fernand d'une voix triste.

L'inspecteur Sinet prit le temps de rallumer son cigare.

« Non, répondit-il avec lassitude. Ils ont dû l'enterrer quelque part, comme un cadavre, pour se venger. Toujours cette peur qui leur mord les tripes ! Du jour où ils ont trouvé ce cheval sur leur route, tout s'est mis contre eux...

— Bah ! il nous reste la récompense », s'écria gaiement Berthe Gédéon.

Les visages rougis par la flamme se tournèrent vers l'inspecteur. Sinet, embarrassé, secoua la tête.

« Il ne faut pas trop compter là-dessus, dit-il en reniflant. Si la banque était seule en cause, elle se laisserait peut-être opérer d'un petit million ou deux. Mais, primo, elle n'avait rien promis, secundo, elle n'a pas pu se mettre d'accord, paraît-il, avec les codestinataires qui sont au nombre de six. Moi, je sais comment cela se passe dans les grandes administrations : ces requins à lunettes feront traîner la chose en longueur et finiront par noyer le poisson. N'y pensez plus, cela vaudra mieux. »

Les gosses ne parurent pas trop déçus. Zidore fouillait à petits coups dans la cendre, découvrait doucement les vingt pommes de terre bien rôties et les alignait sur une plaque de tôle. Après ça, le million espéré pouvait toujours faire des petits dans les coffres de la banque, les dix s'en moquaient comme de leur premier pipi au lit.

« Au fond, ça nous arrange, dit Fernand avec un petit sourire courageux. Les papas auraient fait des tas d'histoires à propos de cette récompense. Hier, le mien me disait encore que ce n'était pas une façon de gagner de l'argent.

— Il n'a pas tort, dit Sinet en soufflant avec précaution sur sa pomme de terre brûlante. D'ailleurs, quand on y pense, vous avez bien eu pour deux millions de rigolade en quatre ou cinq jours ! À votre âge, il n'y a que cela qui compte... »

Le petit Bonbon mâchait sa pomme de terre en

réfléchissant, le regard perdu dans le reflet pourpre du brasier.

« Qu'est-ce qui ne va pas ? lui demanda l'inspecteur d'un air amusé.

— Il y a quelque chose que je ne comprends pas très bien, déclara le bambin, la bouche pleine. C'est cette histoire de télégramme... Vous croyez que Mallart attendait vraiment les cent millions par le rapide 164 ?

— Bien sûr ! répondit l'inspecteur. Il était posté dans le chemin creux, et il les a vus dégringoler jusqu'à lui le long du remblai. »

Bonbon soupira :

« Dommage ! Le coup aurait été beaucoup plus drôle si Mallart avait reçu, à la place des sacs, douze cageots de mimosas sur le coin de la figure... Tout simplement ! »

Vint le plus beau des jeudis. Toute la semaine, M. Douin avait assuré le service de nuit au Triage. Il rentrait des voies à six heures du matin, dormait jusqu'à dix et se levait ensuite pour bricoler dans la maison, en attendant l'heure du déjeuner qui voyait revenir sa femme et le silencieux petit Fernand.

Ce matin-là, M. Douin fut réveillé en sursaut par un coup violent frappé contre la porte. Il enfila son pantalon à la hâte, courut ouvrir au visiteur et faillit tomber à la renverse : le cheval-sans-tête était là, campé sur ses trois roues au milieu du jardinet.

M. Douin se frotta énergiquement les yeux, les ferma, les rouvrit plusieurs fois. Le cheval ne s'évanouit pas en fumée. C'était bien lui.

« Je t'ai drôlement secoué, hein ? » fit une voix éraillée dans la coulisse.

M. Douin vit la barbe-hérisson du vieux Blache apparaître au coin du mur. Le chiffonnier s'avança en riant à gorge déployée, tirant derrière lui sa poussette surchargée de vieilleries.

« Si je m'attendais à ça ! soupira M. Douin en se grattant la nuque d'un air perplexe. Où l'as-tu retrouvé ?

— Au diable vauvert ! répondit le vieux Blache. Dans un dépotoir de campagne, du côté de Montgeron. Heureusement, nous nous étions partagé la besogne, les copains et moi. Et tu sais que les chiffonniers n'ont pas les yeux dans leurs poches ! Bref, un ami de par là-bas m'a fait dire de passer dans son bled pour identifier la bête. C'était bien notre cheval. Je l'ai ramené hier soir avec moi et je te le rapporte ce matin, frais comme la rose. Ça te coûtera un canon de rouge... »

Les deux hommes firent entrer le cheval dans la cuisine et le retournèrent dans tous les sens. M. Douin constata avec joie qu'il n'avait pas trop souffert de l'enlèvement.

Fernand avait laissé la tête coupée au portemanteau.

M. Douin la rapprocha délicatement de l'encolure, bord à bord, tandis que le vieux Blache prenait un peu de recul pour juger de l'ensemble.

« Décidément, dit-il sans rire, il a beaucoup plus d'allure à l'état normal, c'est-à-dire sans sa tête. Mais c'est peut-être parce que nous n'avons pas l'habitude de le voir ainsi...

— J'essaierai de la recoller solidement, déclara M. Douin. On verra bien ce que les gosses en diront.

— Ils vont être contents, dit le vieux Blache en hochant la tête.

— Sûr, fit M. Douin. Le cheval, pour eux, c'était tout ! »

Ils parlèrent ensuite de l'affaire en dégustant une chopine de Bercy-Ceinture.

« Te rappelles-tu ce que je t'ai raconté l'autre soir, ma rencontre avec ce voyou de Mallart ? dit le chiffonnier. Il prétendait que le cheval ne pouvait plus lui servir à rien. Tu parles ! il l'a retrouvé dans ses jambes au moment le plus délicat : la course au trésor venait à peine de commencer, et vlan ! il ramasse une belle bûche qui va lui coûter de quinze à vingt ans de prison. »

M. Douin but un petit coup, essuya ses moustaches d'un revers de manche.

« Je ne suis qu'un vieil imbécile, dit-il très simplement. Cette clef, je l'ai vue rouler sous mes yeux, le soir même, en vidant le cheval de toute sa ferraille. Elle ne m'a pas tiré l'œil. Elle était aussi rouillée que le reste et je n'ai même pas eu la curiosité de regarder l'étiquette. Non, je l'ai ramassée et je l'ai pendue machinalement sous le compteur : une clef, ça peut toujours servir. Mais tu sais ce que c'est, une fois qu'on a rangé quelque chose, on n'y pense plus... Heureusement que ce renard de Fernand a de bons yeux : il s'en est souvenu quelques jours après. D'ailleurs, les autres étaient là pour lui rafraîchir la mémoire... Ils sont terribles, ces gosses, tu ne crois pas ? »

Il faisait une de ces douces et claires journées qui annoncent déjà le printemps au cœur de l'hiver. La rue des Petits-Pauvres s'ouvrait sur un ciel bleu et pur qui faisait rayonner les plus sombres façades. À partir de deux heures, filles et garçons accoururent tout essoufflés des quatre coins de la ville.

« Il paraît que le cheval est là, disaient-ils en écarquillant des yeux émerveillés. Ce n'est pas une blague ?

— Le cheval est là et il se porte bien, leur assurait Fernand avec un bon sourire. Il est revenu tout seul, du moins c'est Papa qui me l'a dit. Ce matin, il ouvre la porte et il voit le cheval planté tout droit au milieu de l'allée... Moi, je le crois.

— Nous aussi ! répondaient les gosses, bien contents de pouvoir jouer le jeu comme par le passé. Le cheval connaît sa rue... »

Fernand poussait la porte et leur montrait le cheval

bien-aimé. M. Douin était en train de lui ressouder la tête avec une bande de ruban adhésif renforcée d'une couche de mastic.

« Ça tiendra ! disait-il aux gosses en clignant de l'œil dans la fumée de son mégot. Mais il vaudrait mieux attendre que ça sèche un peu.

— Nous ne pouvons pas attendre, répondait Gaby tout émoustillé. C'est jeudi et il fait beau... Vous pensez ! »

Les gosses entraient sur la pointe des pieds, faisaient doucement le tour du cheval en retenant leur souffle.

« Il est drôlement chouette ! disaient-ils enfin. On croirait qu'il va mordre... »

Fifi se dressait sur les pattes de derrière, reniflait délicatement le corps de carton, agitant sa queue de rat qui fouettait les jambes de la compagnie.

« Il le reconnaît, disait Marion, rose de plaisir. Le chien se dit qu'on va bien rigoler dans une paire de quarts d'heure...

— Ce ne sera pas si long, assurait M. Douin d'un air satisfait. Je passe un coup de chalumeau sur la cicatrice, et hop ! vous pourrez de nouveau descendre la rue à 100 à l'heure. »

Quelques minutes après, toute la bande ressortait triomphalement, escortant Fernand et son cheval à la tête recollée. D'abord, on tint conseil devant la maison des Douin pour fixer à chacun son tour de descente.

« La première descente sera pour Gaby, proposa Fernand pour mettre d'accord les plus impatients.

— Oui, oui, oui ! dirent les petits. Il l'a bien mérité. Il est le chef. À lui l'honneur !

— Bon ! dit Gaby d'un air modeste. Je veux bien, mais vous n'y perdrez pas, bon sang de bon sang ! Je m'en vais vous faire une de ces descentes en piqué, que les deux oreilles me sauteront du crâne ! Du coup, je défonce les barbelés et j'atterris sur le dos de la Vache. Vous allez voir !

— Laisse-nous le temps de descendre jusqu'au chemin, lui dit Marion. Nous serons aux premières loges sur la ligne d'arrivée...

— Tout le monde en bas ! » hurla Zidore.

La bande dévala au trot la rue des Petits-Pauvres, laissant Gaby et le cheval en posture de départ, prêts à faire feu des quatre fers.

Le soleil illuminait gaiement le chemin creux et l'étendue du Clos Pecqueux, qui reverdissait déjà par endroits. La Vache Noire dressait sa cheminée tordue sur un horizon mordoré. Il faisait diablement bon. On s'assit sur le talus, serrés les uns contre les autres, un peu à gauche du carrefour, car il ne s'agissait pas de recevoir sur le dos le cheval et son cavalier surgissant du virage.

« Quatre-vingt-dix-huit... quatre-vingt-dix-neuf... cent ! annonça Zidore. Il est parti ! »

Tous les gosses trépignaient d'impatience. Les petits

se mirent à hurler de joie, les yeux fixés sur le fond de la rue.

« Gaby nous réserve sûrement une surprise ! » cria Tatave.

Ils tendirent l'oreille. Un roulement sourd naissait dans l'étroit défilé des maisons, poussé par le vent léger de l'après-midi. Il s'enfla peu à peu, s'éteignit brusquement au croisement de la rue Cécile, puis se développa triomphalement dans la dernière courbe. On ne voyait rien encore, mais le monstre allait surgir soudain comme un boulet, dans ce terrible ferraillement qui semblait décupler sa vitesse.

« Fonce, Gaby ! criaient les filles d'une voix suraiguë.

— Fonce ! » vociféraient les garçons en serrant les poings.

Et Gaby fonçait dans le virage, la tête au ras du guidon, en traitant le cheval de tortue sous-alimentée.

Et, horreur ! le père Zigon fonçait sur le chemin de la Vache Noire, entraîné par sa poussette à bouteilles. Il venait de déboucher du chemin du Ponceau. On le vit trop tard.

« Arrêtez ! hurlèrent les gosses. Le cheval arrive...

— Je ne peux plus m'arrêter ! gémit le père Zigon hors d'haleine. Je m'arrêterai quand ça ne descendra plus... »

Et le chemin de la Vache Noire descendait en pente raide jusqu'à la Nationale. Les gosses se regardèrent avec des yeux fous, partagés entre le rire et l'inquiétude.

« Gaby va percuter ! bredouilla Zidore. C'est sûr et certain...

— Il freinera, dit Berthe Gédéon. Il aura le temps de freiner en sortant du virage.

— Gaby ne freine jamais, dit Juan-l'Espagnol. Il passera à droite ou à gauche. Le petit père en sera quitte pour la peur...

— Ah ! » firent-ils en se dressant comme des diables sur le talus.

Le cheval sortait du virage avec un bruit terrifiant. Le père Zigon s'engageait dans le carrefour en secouant ses bouteilles : c'était réglé comme une figure de quadrille. Gaby ne freina pas, le père Zigon non plus, et le cheval rentra comme un obus dans la poussette. Boum !

« En plein dans le mille ! » rugit Zidore en jetant sa casquette en l'air.

Gaby fit un long vol plané par-dessus la poussette et disparut dans l'herbe du Clos. La poussette bascula sur le côté avec un bruit sourd, déversant d'un seul coup tout son chargement de bouteilles. Le père Zigon indigné resta planté au milieu du chemin. Les deux brancards lui avaient sauté des mains. Il fumait de colère.

« Alors ça n'a pas suffi d'une fois ? hurla-t-il en tapant du pied. Voilà maintenant que vous me guettez dans les coins pour me rentrer dedans, nom de

nom ! Regardez ça, petits dégoûtants ! Soixante bouteilles dans le ruisseau ! Soixante bonnes bouteilles
que vous m'avez cassées, misère de ma vie ! »

Les petits en pleuraient de rire.

« Ne vous énervez pas, père Zigon, lui dit
affectueusement Marion. Vous avez gagné cinq
cents bouteilles dans l'accident. Je vais vous mon-

trer la cache des entrepôts... Nous vous devons bien ça ! »

Le vieux Zigon voulut riposter, mais le sourire de Marion lui fit tout oublier. Fernand, Zidore et Tatave se roulaient sur le talus en bramant de joie.

« Vous avez vu ? bégayait Tatave à demi mort de rire. Gaby n'a pas freiné, non ! il fonçait et rran ! il a percuté. Quel coup de tonnerre ! Je parie qu'il l'a fait exprès... »

Berthe et Mélie se trémoussaient dans les bras l'une de l'autre. Bonbon, rouge comme une cerise, tapait sur le dos de Juan-l'Espagnol.

« Je n'ai jamais rien vu d'aussi beau ! criait Fernand, enthousiasmé. Le Paris-Vintimille déboucherait de la rue à 120 à l'heure, ça ne ferait pas plus d'effet... »

Un peu plus bas, embusqué dans la venelle des Lilas, l'inspecteur Sinet avait suivi toute la scène. Il riait comme un bossu, tout seul dans son coin. De grosses larmes de joie roulaient sur sa figure de cheval maigre :

« Ces gosses, tout de même !

— Hé ! Gaby, cria-t-on dans le creux du chemin. Montre-toi donc... »

Gaby se remit debout péniblement, enjamba les barbelés et se laissa glisser dans le fossé. Il ne riait plus, il était très pâle. On s'empressa autour de lui, dans l'heureuse lumière de l'après-midi.

« Tu as quelque chose, Gaby ? lui dit doucement Marion.

— Non, je n'ai rien », répondit Gaby d'un air hébété.

Il tendit le bras, montrant la rue des Petits-Pauvres, le chemin de la Vache Noire, le Clos Pecqueux, tout ce petit univers assez laid qui était le leur, mais que leur joie de tous les jours transfigurait.

« Tout ça, dit-il, c'est fini ! »

Et il fondit en larmes.

Les enfants se rapprochèrent encore de lui, tout émus par ce gros chagrin qu'ils ne comprenaient pas.

« Rien n'a changé, lui souffla Marion en lui passant un bras sur les épaules. Tu as percuté d'une drôle de façon, c'est sûr ! mais il n'y a pas de quoi en faire un drame. Ça peut arriver à tout le monde. Demande un peu à Tatave...

— C'est fini ! sanglota Gaby effondré. Je ne suis plus bon à rien. Je viens d'avoir douze ans, il y a trois jours, je ne l'ai dit à personne. Depuis trois jours, je me sens devenir tout idiot... Vous avez vu ? je ne suis même plus capable de me tenir proprement sur ce canasson de malheur... Fini pour moi ! Il faudra vous chercher un autre chef. »

Tous les gosses protestèrent à grands cris. Marion se haussa sur la pointe des pieds, embrassa le grand sur la joue.

« Imbécile ! lui dit-elle tendrement. Tu as douze ans, et alors ? Nous aussi, nous les aurons bientôt, mais ce n'est pas une raison pour nous séparer.

Nous grandirons ensemble, tout simplement. La bande est encore solide, tu n'as qu'à nous regarder : ce n'est pas demain que nous nous arrêterons de rigoler.

— La petite a raison, bredouilla le vieux Zigon à l'écart. Ce sont les bons copains qui vous font la vie belle... »

Et Gaby vit soudain rayonner à travers ses larmes neuf visages heureux, tous dorés par le soleil oblique : Marion, Berthe, Mélie, Zidore, Fernand, Tatave, Juan, Criquet et Bonbon. Il sourit.

Le négro fit le tour de la poussette et revint vers les autres en serrant quelque chose contre sa poitrine.

« Y en a encore cassé cabèche ! » dit Criquet d'un air ahuri en haussant la tête du cheval entre ses petites mains noires.

Une nouvelle crise de rire fit suffoquer filles et garçons. Puis on y regarda de plus près. Le cheval n'avait pas trop souffert, mais le choc l'avait décapité net.

« Il ne veut pas de sa tête, c'est clair ! » dit Gaby d'un ton sans réplique.

Et il l'expédia d'un grand coup de pied dans l'herbe du Clos.

L'inspecteur Sinet remontait timidement le chemin de la Vache Noire en rasant les murs. Il avait un peu honte de se faire voir dans le coin favori des enfants à l'heure la plus joyeuse. Mais son apparition ne chagrina personne. Au contraire !

« Hé ! m'sieu l'Inspecteur, cria Zidore en lui présentant le cheval d'un geste engageant. Des fois, vous ne voudriez pas faire une petite descente ? »

L'inspecteur Sinet ferma les yeux, étendit les deux mains en prenant une expression épouvantée et se sauva à toutes jambes par la rue des Petits-Pauvres.

TABLE

« Pour l'éditeur, le principe est d'utiliser des papiers composés de fibres naturelles, renouvelables, recyclables et fabriquées à partir de bois issus de forêts qui adoptent un système d'aménagement durable. En outre, l'éditeur attend de ses fournisseurs de papier qu'ils s'inscrivent dans une démarche de certification environnementale reconnue. »

Édité par la Librairie Générale Française - LPJ
(58 rue Jean Bleuzen, 92170 Vanves)

Composition Jouve

Achevé d'imprimer en octobre 2023, en France par
La Nouvelle Imprimerie Laballery
58500 Clamecy (Nièvre)
N° d'impression : 309627
Dépôt légal 1re publication : juillet 2014
Édition 06 - octobre 2023

57.0001.7/06 - ISBN : 978-2-01-000893-1

Loi n° 49-956 du 16 juillet 1949 sur les publications destinées à la jeunesse

Dernier dépôt légal : octobre 2023